爱阅读课程化丛书/快乐读书吧

爱阅读

猫

老 舍/著
立 人/编

无障碍精读版
课外阅读佳作，爱阅读课程化丛书
分级阅读点拨·重点精批详注·名师全程助读·扫清阅读障碍

成都地图出版社

图书在版编目（CIP）数据

猫 / 老舍著 ; 立人编. -- 成都 : 成都地图出版社有限公司, 2022.6
（爱阅读）
ISBN 978-7-5557-1966-3

Ⅰ.①猫… Ⅱ.①老…②立… Ⅲ.①散文集—中国—现代 Ⅳ.①I266

中国版本图书馆CIP数据核字（2022）第062600号

AI YUEDU：MAO

爱阅读：猫
老舍 / 著　立人 / 编
—— 阅读·成长 ——

出版人	鄢来勇
项目监制	王莉莉　田　鹏
营销编辑	田金香　吴　淼
责任编辑	赖红英
绘　　图	书香文雅
版式设计	书香文雅
封面设计	宋双成
排版制作	书香文雅
责任印制	李苏成

出版发行	成都地图出版社有限公司
	（成都市龙泉驿区建设路2号　邮政编码：610100）
印　　刷	三河市祥宏印务有限公司
版　　次	2022年6月第1版
印　　次	2022年6月第1次印刷
开　　本	680mm×960mm　1/16
印　　张	10.5
字　　数	139千
定　　价	24.80元
书　　号	ISBN 978-7-5557-1966-3

版权所有◆违者必究
咨询电话：（028）84884820

小麻雀

她的失败

不远千里而来

总序

北京书香文雅图书文化有限公司的李继勇先生与我联系，说他们策划了一套"爱阅读"丛书，读者对象主要是中小学生，可以作为学生的课外阅读用书，希望我写篇序。作为一名语文教育工作者，为学生推荐这套优秀课外读物责无旁贷，在最近"双减"政策的大背景下，也更有意义。

一、"双减"以后怎么办？

前不久，中共中央办公厅、国务院办公厅印发了《关于进一步减轻义务教育阶段学生作业负担和校外培训负担的意见》，对义务教育阶段学生的作业和校外培训作出严格规定。这是一件好事。曾几何时，我们的中小学生作业负担重，不少孩子不是在各种各样的培训班里，就是在去培训班的路上。孩子们"学"无宁日，备尝艰辛；家长们焦虑不安，苦不堪言。校外培训机构为了增强吸引力，到处挖墙脚；有些老师受利益驱使，不能安心从教，导致社会怨声载道。他们的行为破坏了教育生态，违背了教育规律，严重影响了我国教育改革发展。教育是什么？教育是唤醒，是点燃，是激发。而校外培训的噱头仅仅是提高考试成绩，让孩子在中高考中占得先机。他们的广告词是"提高一分，干掉千人"，大肆渲染"分数为王"，在这种压力之下，孩子们面对的是"分萧萧兮题海寒"，不得不深陷题海，机械刷题。假如只有一部分孩子上培训班，提高的可能是分数。但是，如果大多数孩子或者所有孩子都去上培训班，那提高的就不是分数，而只是分数线。教育的根本任务是立德树人，是培根铸魂，是启智增慧，是德智体美劳全面发展，是培养社会主义建设者和接班人，是为中华民族伟大复兴提供人才，而不是培养只会考试的"机器"，更不能被资本所绑架。所以中央才"出重拳""放实招"，目的就是要减轻学生过重的课业负担，减轻家长过重的经济和精神负担。

"双减"政策出台后，学生们一片欢呼，再也不用在各种培训班之间来回奔波了，但家长产生了新的焦虑：孩子学习成绩怎么办？而对学校老师来说，这是一个新挑战、新任务，当然也是新机遇。学生在校时间增加，要求老师提升教学水平，科学合理布置作业，同时开展课外延伸服务，事实上是老师陪伴学生的时间增加了。这部分在校时间怎么安排？如何让学生利用好课外时间？这一切考验着老师们的智慧，而开展各种课外活动正好可以解决这个难题，比如：热爱人文的，可以开展阅读写作、演讲辩论、学习传统文化和民风民俗等社团活动；喜爱数理的，可以组织科普科幻、实验研究、统计测量、天文观测等兴趣小组；也可以开展体育比赛、艺术体验（音乐、美术、书法、戏剧）和劳动教育等实践活动。当然，所有的活动都应以培养学生的兴趣爱好为目的，以自愿参加为前提。学校开展课后服务，可以多方面拓展资源，比如博物馆、图书馆、科技馆、陈列馆、少年宫、青少年活动中心，甚至校外培训机构的优质服务资源，还可组织征文比赛、志愿服务、社会调查等，助力学生全面发展。

二、课外阅读新机遇

近年来，"新课标""新教材""新高考"成为语文教育改革的热词。前不久，我看到一个视频，说语文在中高考中的地位提高了，难度也加大了。这种说法有一定道理，但并不准确。说它有一定道理，是因为语文能力主要指一个人的阅读和写作能力，而阅读和写作能力又是一个人综合素养的体现。语文能力强，有助于学习别的学科。比如：数学、物理中的应用题，如果阅读能力上不去，读不懂题干，便不能准确把握解题要领，也就没法准确答题；英语中的英译汉、汉译英题更是考查学生的语言表达能力；历史题和政治题往往是给一段材料，让学生去分析、判断，得出结论，并表述自己的观点或看法。从这点来说，语文在中高考中的地位提高有一定道理。说它不准确，有两个方面的理由：一是语文学科本来就重要，不是现在才变得重要，之所以产生这种错觉，是因为在应试教育的背景下，语文的重要性被弱化了；二是语文考试的难度并没有增加，增加的只是阅读思维的宽度和广度，考查的是阅读理解、信息筛选、应用写作、语言表达、批判性思维、辩证思维等关键能力。可以说，真正的素质教育必须重视语文，因为语文是工具，是基础。不少家长和教师认为课外阅读浪费学习时间，这主要是教育观念问题。他们之所以有这种想法，无非是认为考试才是最终目的，希望孩子可以把更多时间用在刷题上。他们只看到课标和教材的变化，以为考试还是过去那一套，其实，考试评价已发生深刻变革。目前，考试评价改革与新课标、新教材改革是同向同行的，都是围绕立德树人做文章。中共中央、国务院印发的《深化新时代教育评价改革总体方案》明确指出："稳步推进中高考改革，构建引导学生德智体美劳全面发展的考试内容体系，改变相对固化的试题形式，增强试题开放性，减少死记硬背和'机械刷题'现象。"显然就是要用中高考"指挥棒"引领素质教育。新高考招生录取强调"两依据，一参考"，即以高考成绩和高中学业水平考试成绩为依据，以综合素质评价为参考。这也就是说，高考成绩不再是高校选拔新生的唯一标准，不只看谁考的分数高，还要看谁更有发展潜力、更有创造性、综合素质更高，从而实现由"招分"向"招人"的转变。而这绝不是仅凭一张高考试卷能够区分出来的，"机械刷题"无助于全面发展，必须在课内学习的基础上，辅之以内容广泛的课外阅读，才能全面提高综合素养。

三、"爱阅读"助力成长

这套"爱阅读"丛书是为中小学生量身打造的，符合《义务教育语文课程标准》倡导的"好读书、读好书、读整本的书"的课改理念，可以作为学生课内学习的有益补充。我一向认为，要学好语文，一要读好三本书，二要写好两篇文，三要养成四个好习惯。三本书指"有字之书""无字之书"和"心灵之书"，两篇文指"规矩文"和"放胆文"，四个好习惯指享受阅读的习惯、善于思考的习惯、乐于表达的习惯和自主学习的习惯。古人说"读万卷书，行万里路"，实际上就是要处理好读书与实践的关系。对于中小学生来说，读书首先是读好"有字之书"。"有字之书"，有课本，有课外自读课本，还有"爱阅读"这样的课外读物。读书时我们不能眉毛胡子一把抓，要区分不同的书，采取不同的读法。一般说来，有精读，有略读。精读需要字斟句酌，需要咬文嚼字，但费时费力。当然也不是所有的书都需要精读，可以根据自己的需要决定精读还是略读。新课标提倡中小学生进行整本书阅读，但是学生往往不能耐着性子读完一整本书。新课标提倡的整本书阅读，主要是针对过去的单篇教学来说的，并不是说每本书都要从头读到尾。教材设计的练习项目也是有弹性的、可选择的，不可能有统一的"阅读计划"。我的建议是，整本书阅读应把精读、略读与浏览结合起来，精读重在示范，略读重在博览，浏览略观大意即可，三者相辅相成，不宜偏于一隅。不仅如此，学生还可以把阅读与写作、读书与实践、课内与课外结合起来。整本书阅读重在掌握阅读方法，拓展阅读视野，培养读书兴趣，养成阅读习惯。

再说写好两篇文。学生读得多了，素养提高了，自然有话想说，有自己的观点和看法要发表。发表的形式可以是口头的，也可以是书面的，书面表达就是写作。写好两篇文，一篇规矩文，一篇放胆文。规矩文重打基础，放胆文更见才气。规矩文要求练好写作基本功，包括审题、立意、选材、构思等，同时还要掌握记叙文、议论文、说明文、应用文的基本要领和写作规范。规矩文的写作要在教师的指导下进行。放胆文则鼓励学生放飞自我、大胆想象，各呈创意、各展所长，尤其是展现自己的应用写作能力、语言表达能力、批判性思维能力和辩证思维能力。放胆文的写作可以多种多样，除了大作文，也可以写小作文。有兴趣的还可以进行文学创作，写诗歌、小说、散文、剧本等。

学习语文还要养成四个好习惯。第一，享受阅读的习惯。爱阅读非常重要。每个同学都应该有自己的个性化书单，有的同学喜欢网络小说也没有关系，但需要防止沉迷其中，钻进"死胡同"。这套"爱阅读"丛书，就给中小学生课外阅读提供了大量古今中外的名家名作。第二，善于思考的习惯。在这个大众创业、万众创新的时代，创新人才的标准，已不再是把已有的知识烂熟于心，而是能够独立思考，敢于质疑，能够自己去发现问题、提出问题和解决问题，需要具有探究质疑能力、独立思考能力、批判性思维和辩证思维能力。第三，乐于表达的习惯。表达的乐趣在于说或写的过程，这个过程比说得好、写得完美更重要。写作形式可以不拘一格，比如作文、日记、笔记、随笔、漫画等。第四，自主学习的习惯。我的地盘我做主，我的语文我做主。不是为老师学，也不是为父母长辈学，而是为自己的精神成长学，为自己的未来学。

愿广大中小学生能借助这套"爱阅读"丛书，真正爱上阅读，插上想象的翅膀，飞向未来的广阔天地！

2021 年10 月15 日

写于京东大运河畔之两不厌居

阅读准备

·作家生平·

老舍（1899—1966），原名舒庆春，字舍予，满族正红旗人，毕业于北京师范学院，中国现代小说家、作家、语言大师，新中国第一位获得"人民艺术家"称号的作家。老舍一生创作了大量的小说（尤其是长篇小说）、剧本、散文、诗歌等，代表作品具有《茶馆》《骆驼祥子》《四世同堂》《龙须沟》等。他忽略忘我地工作，是文艺界当之无愧的"劳动模范"，终生对清廉的腐朽统治持教判态度。"文化大革命"初期，老舍蒙受"四人帮"的摧残与陷害，含冤屈死。老舍一生为我国新文学事业做出了不可磨灭的贡献。

·创作背景·

1950年4月，老舍和夫人胡絜青及其子女一起，搬进了一所北京的小三合院里。他在这所小院的院子里，养了不少花草，等朋友来访的时候，他就请他们看花，还有猫。老舍远近闻名的"爱猫党"。他一生养过很多猫，对猫的喜爱之情常常溢于言表。老舍养猫分为三个时期：济南时期，北碚时期，北京时期。这几个时期大都是和家人住在一起的时候，此时的老舍婚姻美满，家庭幸福。

·作品速览·

《猫》是老舍先生写的一篇散文，最初发表于1959年8月《新观察》整篇文章用朴实无华的语言，加上拟人和比喻等修辞的运用，写出了猫的顽皮可爱，表达了老

舍先生对猫的喜爱。文章最后，老舍先生写出了猫地位的下降和后面的命运，是在暗示着自己的创作生涯持续不久了。本书除了《猫》以外，还收录了老舍的其他作品，每一篇都将令你细细品味。

·文学特色·

老舍先生擅长运用通俗易懂的语言，捕捉日常生活中的点滴描绘出来，他的文章朴实无华，又幽默诙谐，可以窥见当年的北京面貌。他的作品根植于这样生活之中。从底层劳动人民的角度出发，刻画出了他们生活的环境，心理和社会情况，真正做到了和百姓共情。

> "作家生平"，走近作家，一睹作家风采；"创作背景"，了解作品创作的时代背景；"作品速览"，把握故事全貌、主题意蕴；"文学特色"，发掘作品深刻的文学价值，以增进理解，提高阅读效率。

名家心得

老舍的作品大多取材于普通百姓的日常生活，在他的笔下，百姓的生活被别具匠心地反映出来。他通过了老百姓日常生活的描写，让我们感受到那个时代特有的生活方式，也能够了解到当时的社会状况。老舍先生笔下的故事，往往是浓淡幽默的，读起来轻松愉悦。只是读完之后细细品味，我们又不免觉得沉重。

读者感悟

老舍是我最喜爱的作家之一。他的每一本书都会让人觉得重新认识了这个世界，重新认识了自己。他对老舍先生的情感是与普通百姓相通的。关注这类人群，也真正做到了共情。这一点格外打动我。他的作品处处有北平的影子。有一股特有的京味。这股京味不仅融入了他的字里行间，也融入了他的灵魂和骨血。

阅读拓展

说起老舍先生的作品，就会想到"京味儿"。可以说，他的每部作品里都饱含着这种味。不管是民俗风貌、语言习惯，还是地理景观，他的作品都那么的京味十足，色彩相得益彰。比如，他的话剧《龙须沟》，里面所写的地名都是北京真实的地名。而他也是地道的北京人，了解了龙须沟从风景优美的旅游胜地，变成为主工作场地排泄的废水、废物变成了臭水沟，又在中华人民共和国成立后被改良、铺上了柏油路的过程后，写下了这部作品。

真题演练

1.《猫》表达了作者什么样的思想感情？

2. 请列举两个猫"老实"的表现。

3.《小桔灯》中的"他"是怎样一个人物？请指出他形象特点。

4.《马裤先生》这篇文章是什么体裁？

5.《马裤先生》中开头第一段就描写马裤先生的衣着言行，为什么？

> "名家心得"，听听名家怎么说；"读者感悟"，看看别人怎么想；"阅读拓展"，帮你丰富文学知识，增强艺术感受力；"真题演练"，考查阅读本书后的效果，是对阅读成果的巩固和总结。习题具有一定的延伸性和拓展性。对于没有回答上来的问题，读者可以借此发现阅读上的不足，心中带着疑问，为下一次的精读做好准备。

接受文学名著的滋养，读写贯通，读为写用，读写双升

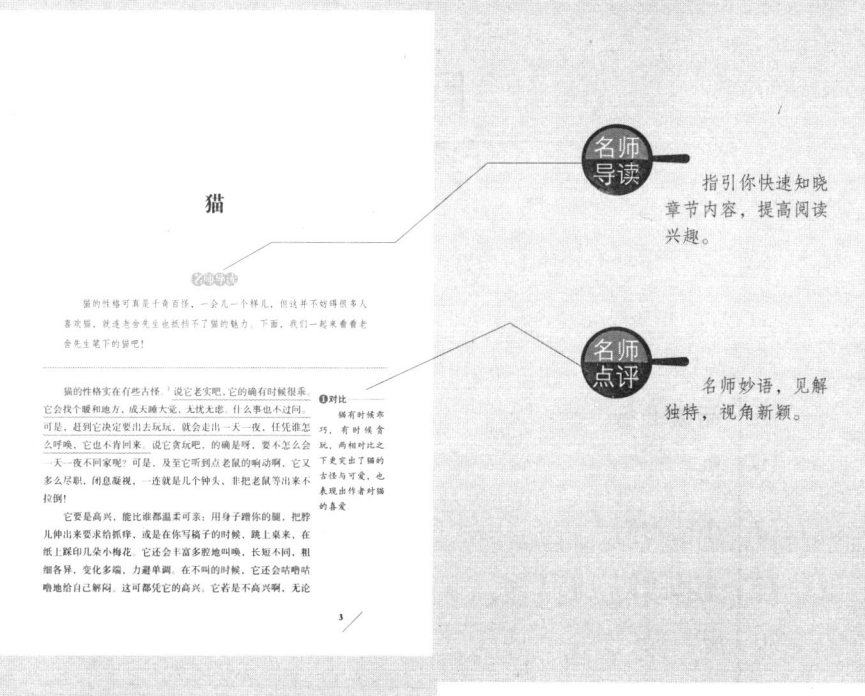

名师导读 —— 指引你快速知晓章节内容，提高阅读兴趣。

名师点评 —— 名师妙语，见解独特，视角新颖。

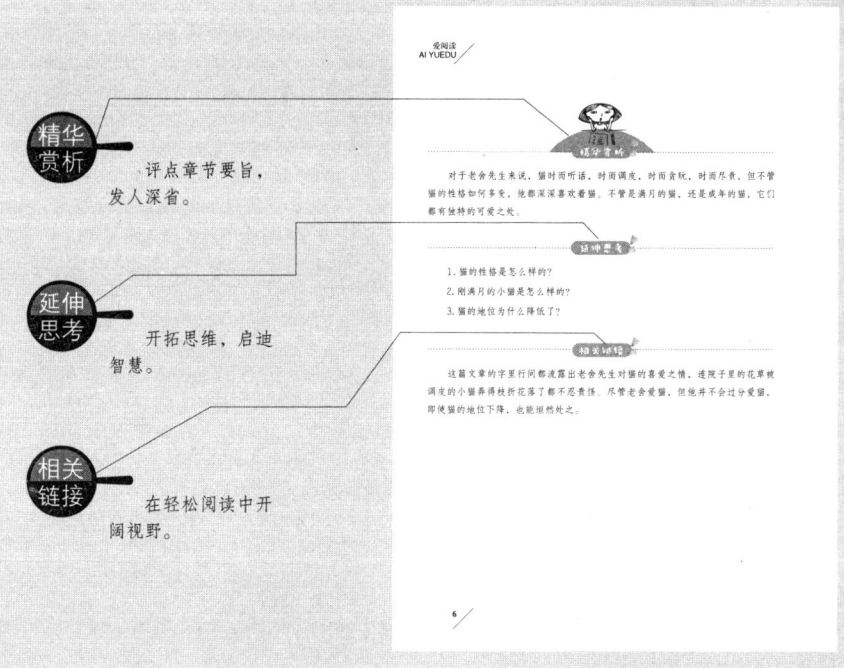

精华赏析 —— 评点章节要旨，发人深省。

延伸思考 —— 开拓思维，启迪智慧。

相关链接 —— 在轻松阅读中开阔视野。

Contents

目录

1	阅读准备
3	猫
7	小动物们
13	小动物们（鸽）续
20	鬼与狐
24	小麻雀
28	兔儿爷
31	英国人
36	我的几个房东
	——留英回忆之二
42	爱的小鬼
49	同　盟
60	马裤先生
67	开市大吉
75	她的失败
78	小铃儿
85	旅　行

90	狗之晨
98	记懒人
104	不远千里而来
111	番　表
	——在火车上
116	民主世界
130	老字号
137	敬悼许地山先生
145	阅读总结

·作家生平·

老舍(1899—1966),原名舒庆春,字舍予,满族正红旗人,毕业于北京师范学院,中国现代小说家、作家、语言大师,新中国第一位获得"人民艺术家"称号的作家。老舍一生创作了大量的小说(尤其是长篇小说)、剧本、散文、诗歌等,代表作品有《茶馆》《骆驼祥子》《四世同堂》《龙须沟》等。他总是忘我地工作,是文艺界当之无愧的"劳动模范",终生对清朝的腐朽统治持批判态度。"文化大革命"初期,老舍横遭"四人帮"的摧残与陷害,含冤屈死。老舍一生为我国新文学事业做出了不可磨灭的贡献。

·创作背景·

1950年4月,老舍和夫人胡絜青及其子女一起,搬进了一所北京的小三合院。他在这所小房的院子里,养了不少花草。当朋友来访的时候,他就邀请他们看花、看猫。老舍是远近闻名的"爱猫党"。他一生养过很多猫,对猫的喜爱之情常常溢于言表。老舍养猫分为三个时期:济南时期、北碚时期、北京时期。这几个时期大都是和家人住在一起的时候,此时的老舍婚姻美满,家庭幸福。

·作品速览·

《猫》是老舍先生写的一篇散文,最初发表于1959年8月《新观察》。整篇文章用朴实无华的语言,加上拟人和比喻等修辞的运用,写出了猫的调皮可爱,表达了老舍先生对猫的喜爱。文章最后，老舍先生写出了猫地位的下降和后面的命运，也是在暗示自己的写作生涯持续不久了。本书除了《猫》以外，还收录了老舍的其他作品，每一篇都值得细细品味。

·文学特色·

老舍先生擅长运用通俗易懂的语言，将寻常生活中的点滴描绘出来，他的文章朴实无华，又幽默诙谐，可以品味出强烈的北京韵味。他的作品根植于寻常生活之中，从底层劳动人民的角度出发，刻画出了他们当时的生活、心理和社会情况，真正做到了和百姓共情。

猫

名师导读

猫的性格可真是千奇百怪，一会儿一个样儿，但这并不妨碍很多人喜欢猫，就连老舍先生也抵挡不了猫的魅力。下面，我们一起来看看老舍先生笔下的猫吧！

猫的性格实在有些古怪。①说它老实吧，它的确有时候很乖。它会找个暖和地方，成天睡大觉，无忧无虑。什么事也不过问。可是，赶到它决定要出去玩玩，就会走出一天一夜，任凭谁怎么呼唤，它也不肯回来。说它贪玩吧，的确是呀，要不怎么会一天一夜不回家呢？可是，及至它听到点老鼠的响动啊，它又多么尽职，闭息凝视，一连就是几个钟头，非把老鼠等出来不拉倒！

它要是高兴，能比谁都温柔可亲：用身子蹭你的腿，把脖儿伸出来要求给抓痒，或是在你写稿子的时候，跳上桌来，在纸上踩印几朵小梅花。它还会丰富多腔地叫唤，长短不同，粗细各异，变化多端，力避单调。在不叫的时候，它还会咕噜咕噜地给自己解闷。这可都凭它的高兴。它若是不高兴啊，无论

❶对比

猫有时候乖巧，有时候贪玩，两相对比之下更突出了猫的古怪与可爱，也表现出作者对猫的喜爱。

谁说多少好话，它一声也不出，连半个小梅花也不肯印在稿纸上！它倔强得很！

是，猫的确是倔强。看吧，大马戏团里什么狮子，老虎，大象，狗熊，甚至于笨驴，都能表演一些玩艺儿，可是谁见过耍猫呢？（昨天才听说：苏联的某马戏团里确有耍猫的，我当然还没亲眼见过。）

这种小动物确是古怪。不管你多么善待它，它也不肯跟着你上街去逛逛。它什么都怕，总想藏起来。可是它又那么勇猛，不要说见着小虫和老鼠，就是遇上蛇也敢斗一斗。它的嘴往往被蜂儿或蝎子螫的肿起来。

赶到猫儿们一讲起恋爱来，那就闹得一条街的人们都不能安睡。它们的叫声是那么尖锐刺耳，使人觉得世界上若是没有猫啊，一定会更平静一些。

① 可是，及至女猫生下两三个棉花团似的小猫啊，你又不恨它了。它是那么尽责地看护儿女，连上房兜兜风也不肯去了。

郎猫可不那么负责，它丝毫不关心儿女。它或睡大觉，或上屋去乱叫，有机会就和邻居们打一架，身上的毛儿滚成了毡，满脸横七竖八都是伤痕，看起来实在不大体面。好在它没有照镜子的习惯，依然昂首阔步，大喊大叫，它匆忙地吃两口东西，就又去挑战开打。有时候，它两天两夜不回家，可是当你以为它可能已经远走高飞了，它却瘸着腿大败而归，直入厨房要东西吃。

过了满月的小猫们真是可爱，腿脚还不甚稳，可是已经学会淘气。② 妈妈的尾巴，一根鸡毛，都是它们的好玩具，要上没结没完。一玩起来，它们不知要摔多少跟头，但是跌倒即马上起来，再跑再跌。它们的头撞在门上，桌腿上，和彼此的头上。撞疼了也不哭。

它们的胆子越来越大，逐渐开辟新的游戏场所。它们到院子里来了。院中的花草可遭了殃。它们在花盆里摔跤，抱着花

---

❶ 比喻

将小猫比作棉花团，突出了小猫的可爱，也写出了猫妈妈对孩子的爱。

❷ 详细描写

生动形象地写出了小猫们满月后的可爱与贪玩，不管是什么东西，它们都能玩起来，而且玩起来就没完没了。

枝打秋千，所过之处，枝折花落。你不肯责打它们，它们是那么生气勃勃，天真可爱呀。可是，你也爱花。这个矛盾就不易处理。

现在，还有新的问题呢：老鼠已差不多都被消灭了，猫还有什么用处呢？①而且，猫既吃不着老鼠，就会想办法去偷捉鸡雏或小鸭什么的开开斋。这难道不是问题么？

在我的朋友里颇有些位爱猫的。不知他们注意到这些问题没有？记得二十年前在重庆住着的时候，那里的猫很珍贵，须花钱去买。在当时，那里的老鼠是那么猖狂，小猫反倒须放在笼子里养着，以免被老鼠吃掉。据说，目前在重庆已很不容易见到老鼠。那么，那里的猫呢？是不是已经不放在笼子里，还是根本不养猫了呢？这须打听一下，以备参考。

也记得三十年前，在一艘法国轮船上，我吃过一次猫肉。事前，我并不知道那是什么肉，因为不识法文，看不懂菜单。猫肉并不难吃，虽不甚香美，可也没什么怪味道。是不是该把猫都送往法国轮船上去呢？我很难作出决定。

猫的地位的确降低了，而且发生了些小问题。可是，我并不为猫的命运多耽什么心思。想想看吧，要不是灭鼠运动得到了很大的成功，消除了巨害，猫的威风怎会减少了呢？②两相比较，灭鼠比爱猫更重要的多，不是吗？我想，世界上总会有那么一天，一切都机械化了，不是连驴马也会有点问题吗？可是，谁能因担忧驴马没有事作而放弃了机械化呢？

（原载于1959年8月《新观察》第16期）

❶叙述

当老鼠被消灭得差不多时，猫就会捉其他小动物开斋，这就会导致新的问题出现。

❷反问

作者虽然爱猫，但不是盲目地爱，他清楚明白地知道猫地位的下降是因为灭鼠运动取得成功，因此并不过多地担心猫的命运。

精华赏析

对于老舍先生来说，猫时而听话，时而调皮，时而贪玩，时而尽责，但不管猫的性格如何多变，他都深深喜欢着猫。不管是满月的猫，还是成年的猫，它们都有独特的可爱之处。

1. 猫的性格是怎么样的？
2. 刚满月的小猫是怎么样的？
3. 猫的地位为什么降低了？

相关链接

这篇文章的字里行间都流露出老舍先生对猫的喜爱之情，连院子里的花草被调皮的小猫弄得枝折花落了都不忍责怪。尽管老舍爱猫，但他并不会过分爱猫，即使猫的地位下降，也能坦然处之。

小动物们

名师导读

　　鸟兽们的世界并不是我们所想的那般惬意自在，而我们所认为的爱也不一定对它们有什么好处。一起来看看老舍笔下的鸽子们，增加对它们的了解吧。

　　鸟兽们自由的生活着，未必比被人豢养着更快乐。①据调查鸟类生活的专门家说，鸟啼绝不是为使人爱听，更不是以歌唱自娱，而是占据猎取食物的地盘的示威；鸟类的生活是非常的艰苦。兽类的互相残食是更显然的。这样，看见笼中的鸟，或柙中的虎，而替它们伤心，实在可以不必。可是，也似乎不必替它们高兴；被人养着，也未尽舒服。生命仿佛是老在魔鬼与荒海的夹缝儿，怎样也不好。

　　我很爱小动物们。我的"爱"只是我自己觉得如此；到底对被爱的有什么好处，不敢说。它们是这样受我的恩养好呢，还是自由的活着好呢？也不敢说。把养小动物们看成一种事实，我才敢说些关于它们的话。下面的述说，那么，只是为述说而述说。

❶引用
　　引用鸟类专家的调查结论，说明鸟啼是为了占据猎取食物的地盘的示威，从而引出下文。

先说鸽子。我的幼时，家中很贫。说出"贫"来，为是声明我并养不起鸽子；鸽子是种费钱的活玩艺儿。可是，我的两位姐丈都喜欢玩鸽子，所以我知道其中的一点儿故典。我没事儿就到两家去看鸽，也不短随着姐丈们到鸽市去玩；他们都比我大着二十多岁。我的经验既是这样来的，而且是幼时的事，恐怕说得不能很完全了；有好多鸽子名已想不起来了。

鸽的名样很多。① 以颜色说，大概应以灰、白、黑、紫为基本色儿。可是全灰全白全黑全紫的并不值钱。全灰的是楼鸽，院中撒些米就会来一群；物是以缺者为贵，楼鸽太普罗。有一种比楼鸽小，灰色也浅一些的，才是真正的"灰"；但也并不很贵重。全白的，大概就叫"白"吧，我记不清了。全黑的叫黑儿，全紫的叫紫箭，也叫猪血。

猪血们因为羽色单调，所以不值钱，这就容易想到值钱的必是杂色的。杂色的种类多极了，就我所知道的——并且为清楚起见——可以分作下列的四大类：点子、乌、环、玉翅。② 点子是白身腔，只在头上有手指肚大的一块黑，或紫；尾是随着头上那个点儿，黑或紫。这叫作黑点子和紫点子。乌与点子相近，不过是头上的黑或紫延长到肩与胸部。这叫黑乌或紫乌。这种又有黑翅的或紫翅的，名铁翅乌或铜翅乌——这比单是乌又贵重一些。还有一种，只有黑头或紫头，而尾是白的，叫作黑乌头或紫乌头；比乌的价钱要贱一些。刚才说过了，乌的头部的黑或紫毛是后齐肩，前及胸的。假若黑或紫毛只是由头顶到肩部，而前面仍是白的，这便叫作老虎帽，因为很像廿年前通行的风帽；这种确是非常的好看，因而价值也就很高。在民国初年，兴了一阵子蓝乌和蓝乌头，头尾如乌，而是灰蓝色儿的。这种并不好看，出了一阵子锋头也就拉倒了。

环，简单得很：全白而项上有一黑圈者叫墨环；反之，全黑而项上有白圈者是玉环。此外有紫环，全白而项上有一紫环。"环"这种鸽似乎永远不大高贵。大概可以这么说，白尾的鸽

❶ 叙述

先列举出鸽子的颜色，说明了鸽子的种类之多，同时点明如果全身都是同一种颜色，价格不会很高。

❷ 外貌描写

通过对杂色鸽子其中一类点子的描写，让读者能够更加了解鸽子的特色。

是不易与黑尾或紫尾的相抗，因为白尾的飞起来不大美。

玉翅是白翅边的。全灰而有两白翅是灰玉翅；还有黑玉翅、紫玉翅。①所谓白翅，有个讲究：翅上的白翎是左七右八。能够这样，飞起来才正好，白边儿不过宽，也不过窄。能生成就这样的，自然很少，所以鸽贩常常作假，硬插上一两根，或拔去些，是常有的事。这类中又有变种：玉翅而有白尾的，比如一只黑鸽而有左七右八的白翅翎，同时又是白尾，便叫作三块玉。灰的、紫的，也能这样。要是连头也是白的呢便叫作四块玉了。四块玉是较比有些价值的。

在这四大类之外，还有许多杂色的鸽。如鹤袖，如麻背，都有些价值，可不怎么十分名贵。在北平，差不多是以上述的四大类为主。新种随时有，也能时兴一阵，可都不如这四类重要与长远。

②就这四大类说，紫的老比别的颜色高贵。紫色儿不容易长到好处，太深了就遭猪血之诮，太浅了又黄不唧的寒酸。况且还容易长"花了"呢，特别是在尾巴上，翎的末端往往露出白来，像一块癣似的，把个尾巴就毁了。

紫以下便是黑，其次为灰。可是灰色如只是一点，如灰头、灰环，便又可贵了。

这些鸽中，以点子和乌为"古典的"。它们的价值似乎永远不变，虽然普通，可是老是鸽群之主。这么说吧，飞起四十只鸽，其中有过半的点子和乌，而杂以别种，便好看。反之，则不好看。要是这四十只都是点子，或都是乌，或点子与乌，便能有顶好的阵容。你几乎不能飞四十只环或玉翅。想想看吧：点子是全身雪白，而有个黑或紫的尾，飞起来像一群玲珑的白鸥；及至一翻身呢，那黑或紫的尾给这轻洁的白衣一个色彩深厚的裙儿，既轻妙而又厚重。假若是太阳在西边，而东方有些黑云，那就太美了：白翅在黑云下自然分外的白了；一斜身儿呢，黑尾或紫尾——最好是紫尾——迎着阳光闪起一些金光来！点子如是，

❶叙述

白翅不是翅膀有白边就可以了，而是白翎数量必须为左七右八，这便有些可遇不可求了。

❷叙述

先说明了对于鸽子的颜色，通常情况下紫色比别的颜色高贵，然后又讲明不是所有的紫色都高贵，只有恰到好处的紫色才格外美丽与高贵。

乌也如是。白尾巴的，无论长得多么体面，飞起来没这种美妙，要不怎么不大值钱呢。铁翅乌或铜翅乌飞起来特别的好看，像一朵花，当中一块白，前后左右都镶着黑或紫，他使人觉得安闲舒适。可是铜翅乌几乎永远不飞，飞不起，贱的也得几十块钱一对儿吧。玩鸽子是满天飞洋钱的事儿，洋钱飞起却是不如在手里牢靠的。

可是，鸽子的讲究儿不专在飞，正如女子出头露脸不专仗着能跑五十米。它得长得俊。先说头吧，平头或峰头（峰读如凤；也许就是凤，而不是峰，）便决定了身价的高低。所谓峰头或凤头的，是在头上有一撮立着的毛；平头是光葫芦。自然凤头的是更美，也更贵。峰——或凤——不许有杂毛，黑便全黑，紫便全紫，搀着白的便不够派儿。它得大，而且要像个荷包似的向里包包着。鸽贩常把峰的杂毛剔去，而且把不像荷包的收拾得像荷包。这样收拾好的峰，就怕鸽子洗澡，因为那好看的头饰是用胶粘的。

头最怕鸡头，没有脑杓儿，楞头磕脑的不好看。头须像算盘子儿，圆忽忽的，丰满。这样的头，再加上个好峰，便是标准美了。

眼，得先说眼皮。红眼皮的如害着眼病，当然不美。所以要强的鸽子得长白眼皮。宽宽的白眼皮，使眼睛显着大而有神。眼珠也有讲究，豆眼、隔棱眼，都是要不得的。可惜我离开鸽子们已念多年，形容不上来豆眼等是什么样子了；有机会到北平去住几天，我还能把它们想起来，到鸽市去两趟就行了。

嘴也很要紧。无论长得多么体面的鸽，来个长嘴，就算完了事。要不怎么，有的鸽虽然很缺少，而总不能名贵呢；因为这种根本没有短嘴的。鸽得有短嘴！厚厚实实的，小墩子嘴，才好看。

头部以外，就得论羽毛如何了。羽毛的深浅，色的支配，都有一定的。老虎帽的帽长到何处，虎头的黑或紫毛应到胸部

❶ 比较
拿鸽子的讲究和女子的特长相比，说明鸽子不仅要能飞，而且也要长得好看。

❷ 外貌描写
眼皮红红的像是有眼病，好看的鸽子眼睛必须是白眼皮，还要宽宽的，可见一只好鸽子在细微处的讲究。

的何处,都不能随便。出一个好鸽与出一个美人都是历史的光荣。

身的大小,随鸽而异。羽色单调一些的,像紫箭等,自然是越大越蠢,所以以短小玲珑为贵。像点子与乌什么的,个子大一点也不碍事。不过,嘴儿短,长得娇秀,自然不会发展得很粗大了,所以美丽的鸽往往是小个儿。

大个子的,长嘴儿的,可也有用处。大个子的身强力壮翅子硬,能飞,能尾上戴鸽铃,所以它们是空中的主力军。①别的鸽子好看,可供地上玩赏;这些老粗儿们是飞起来才见本事,故尔也还被人爱。长嘴儿也有用,孵小鸽子是它们的事:它们的嘴长,"喷"得好——小鸽不会自己吃东西,得由老鸽嘴对嘴的"喷"。再说呢,喷的时候,老的胸部羽毛便糙了;谁也不肯这么牺牲好鸽。好鸽下的蛋,总被人拿来交与丑鸽去孵,丑鸽本来不值钱,身上糙旧一点也没关系。要作鸽就得美呀,不然便很苦了。

有的丑鸽,仿佛知道自己的相貌不扬,便长点特别的本事以与美鸽竞争。有力气戴大鸽铃便是一例。可是有力气还不怎样新奇,所以有的能在空中翻跟头。会翻跟头的鸽在与朋友们一块飞起的时候,能飞着飞着便离群而翻几个跟头,然后再飞上去加入鸽群,然后又独自翻下来。这很好看,假若他是白色的,就好像由蓝空中落下一团雪来似的。这种鸽的身体很小,面貌可不见得美。他有个标帜,即在项上有一小撮毛儿,倒长着。②这一撮倒毛儿好像老在那儿说:"你瞧,我会翻跟头!"这种鸽还有个特点,脚上有毛儿,像诸葛亮的羽扇似的。一走,便扑喳扑喳的,很有神气。不会翻跟头的可也有时候长着毛脚。这类鸽多半是全灰全白或全黑的。羽毛不佳,可是有本事呢。

为养毛脚鸽,须盖灰顶的房,不要瓦。因为瓦的棱儿往往伤了毛脚而流出血来。

哎呀!我说"先说鸽子",已经三千多字了,还没说完!好吧,下回接着说鸽子吧,假若有人爱听。我的题目《小动物们》,

❶叙述

有的鸽子外貌美丽,有的鸽子飞起来厉害,每种鸽子都有令人喜爱的一面。

❷拟人

毛怎么会说话呢?作者把这毛当成一个人,会讲话、会表达,显得格外生动有趣。

似乎也有加上个"鸽"的必要了。

（原载于1935年3月《人间世》第24期）

精华赏析

鸽子的美并不是体现在其中一方面，正如老舍先生说的，女子的出众也并不仅限于她能跑50米。有的鸽子漂亮，有的鸽子飞翔能力一流，有的鸽子会孵蛋，各有各的好。

延伸思考

1."我"对鸽子的经验是怎么来的？
2.什么颜色的鸽子才是珍贵的？
3.除了靠"美貌"，鸽子还可以靠什么惹人喜爱？

相关链接

作者用生动、细腻的语言介绍了鸽子的各个种类、特征、价值，虽然内容繁多，却不杂乱，反而有逻辑、有条理。

小动物们（鸽）续

名师导读

世界上有许许多多的小动物，鱼儿、鸭子、猫咪等，因此人们养的动物也是各种各样。而养鸽子，却比养其他动物难些，也更容易怄气。

养鸽正如养鱼养鸟，要受许多的辛苦。"不苦不乐"，算是说对了。不过，养鱼养鸟较比养鸽还和平一些；养鸽是斗气的事儿。是，养鸟也有时候怄气，可鸟儿究竟是在笼子里，跟别的鸟没有直接的接触。鸽子是满天飞的。张家的也飞，李家的也飞，飞到一处而裹乱了是必不可免的。这就得打架。因此，玩别的小玩艺用不着法律，养鸽便得有。这些法律虽不是国家颁布的，可是在玩鸽的人们中间得遵守着。①比如说吧，我开始养鸽子，我就得和四邻的"鸽家"们开谈判。交情好的呢，可以规定：彼此谁也不要谁的鸽；假若我的鸽被友家裹了去，他还给我送回来；我对他也这样。这就免去许多战争。假若两家说不来呢，那就对不起了，谁得着是谁的，战争可就无可避免了。有这样的敌人，养鸽等于斗气。你不飞，我也不飞；你

❶ **举例子**

作者通过列举养鸽子要和四邻谈判的事情，来说明养鸽子的辛苦和怄气，有时候还会引发"战争"。

的飞起来，我的也马上飞起去，跟你"撞"！"撞"很过瘾，两个鸽阵混成一团，合而复分，分而复合；一会儿我"拉过"你的来，一会儿你又"拉过"我的去，如看拔河一样起劲。谁要是能"得过"一只来，落在自己的房上，便设法用粮食引诱下来，算作自己的战胜品。可是，俘虏是在房上，时时可以飞去；我可就下了毒手，用弩打下来，假若俘虏不受引诱而要逃走。①打可得有个分寸，手法要好，讲究恰好打在——用泥弹——鸽的肩头上。肩头受伤，没有性命的危险，可是失了飞翔的能力。于是滚下房来，我用网接住；将养几天，便能好过来。手法笨的，弹中胸部，便一命呜呼；或是弹子虚发，把鸽惊走，是谓泄气。

"撞"实过瘾，可也别扭，我没法训练新鸽与小鸽了。新鸽与小鸽必须有相当的训练才认识自己的家，与见阵不迷头。那么，我每放起鸽去，敌人也必调动人马，那我简直没有训练新军的机会；大胆放出生手，准保叫人家给拉了去。于是，我得早早的起，敛旗息鼓的，一声不出的，去操练新军。敌人也会早起呀，这才真叫怄气！得设法说和了，要不然简直得出人命了。

哼，说和却不容易。比如我只有三十只能征惯战的鸽，而敌人有八十只，他才不和我开和平会议呢。没办法，干脆搬家吧。对这样的敌人，万幸我得过他一只来，我必定拿到鸽市去卖；不为钱，为是羞辱他。他也准知道我必到鸽市去，而托鸽贩或旁人把那只买回去，他自己没脸来和我过话。

即使没这种战争，养鸽也非养气之道；鸽时时使你心跳。这么说吧，我有点事要出门，刚走到巷口，见天上有只鸽，飞得两翅已疲，或是惊惶不定，显系飞迷了头；我不能漏这个空，马上飞跑回家，放起我的鸽来裹住这只宝贝。有天大的事也得放下。其实得到手中，也许是只最老丑的糟货，可是多少是个幸头，不能轻易放过。②养鸽的人是"满天飞洋钱，两脚踩狗屎"，因为老仰首走路也。

❶叙述

叙述了抢鸽"战争"中，手法好的，鸽子就落到了网中，成了自己的囊中之物，而手法不好的，鸽子不是死了就是逃了，什么也得不着。

❷引用

通过引用俗语，生动地说出了养鸽子的人经常抬头看天，希望能捡漏，而不注意地上。

训练幼鸽也是很难放心的事,特别是经自己的手孵出来的。①头几次飞,简直没把握,有时候眼看着你自己家中孵出的幼鸽,飞到别家去,其伤心不亚于丢失了儿女。

最难堪的是闹"鸦虎子"。"鸦虎子"是一种小鹰,秋冬之际来驻北平,专欺侮鸽子。在这个时节,养鸽的把鸽铃都撤下来,以免鸦虎闻声而来,在放鸽以前,要登高一望,看空中有无此物。及至鸽已飞起,而神气不对,忽高忽低,不正经着飞,便应马上"垫"起一只,使大家落下,以免危险;大概远处有了那个东西。不幸而鸦虎已到,那只有跺脚,而无办法。鸦虎子捉鸽的方法是把鸽群"托"到顶高,高得几乎像燕子那么小了,它才绕上去,单捉一只。②它不忙,在鸽群下打旋,鸽们只好往高处飞了。越飞越高,越飞越乏;然后鸦虎猛的往高处一钻,鸽已失魂,紧跟着它往下一"砸",群鸽屁滚尿流,一直的往下掉。可是鸦虎比它们快。于是空中落下一些羽毛,它捉住一只,找清静地方去享受。其余的幸得逃命,不择地而落,不定都落到哪里去呢!幸而有几只碰运气落在家中的房上,亦只顾喘息,如呆如痴,非常的可怜。这个,从始至终,养鸽的是目不敢瞬的看着;只是看着,一点办法没有!鸦虎已走,养鸽的还得等着,等着失落的鸽们回来。一会儿飞回来一只,又待一会儿又回来一只。可是等来等去,未必都能回来,因惊破了胆的鸽是很容易被别家得去的。检点残军,自叹晦气,堂堂七尺之躯会干不过个小小的鸦虎子!

普通的飞法是每天飞三次,每飞一次叫作"一翅儿"。三次的支配大概是每日的早晚中三时,这随天气的冷暖而变动。夏日太热,早晚为宜,午间即不放鸽;冬日自然以午间为宜,因为暖和些。夏天的鸽阵最好看,高处较凉一些,鸽喜高飞;而且没有鸦虎什么的,鸽飞得也稳;鸦虎是到别处去避暑了。每要飞一翅儿,是以长竿——竿头拴些碎布或鸡毛——一挥,鸽即飞起。飞起的都是熟鸽,不怕与别家的"撞"。其中最强者,

❶ 比较
用自己家里孵出的幼鸽飞到了别人家里去的伤心和"丢失儿女"的伤心相比,突出了鸽主人丢鸽后的伤心程度。

❷ 详细描写
作者生动详细地描写了鸦虎狩猎鸽子的过程,场面惊心动魄,突出了鸦虎的凶猛、狡猾与鸽子的可怜、落魄。

尾系鸽铃，为全军奏乐。飞起来，先擦着房，而后渐次高升，以家中为中心来回的旋转。鸽不在多少，飞起来讲究尾彩配合的好，"盘儿"——即鸽阵——要密，彼此的距离短而旋转得一致。这样有盘儿有精神，悦目。盘儿大而松懈，东一个西一个的乱飞，则招人讥诮。当盘儿飞到相当的时间，则当把生鸽或幼鸽掷于房上，盘儿见此，则往下飞。如欲训练生鸽或幼鸽，即当盘儿下落之际续入，随盘儿飞转几圈，就一齐落于房上，以免丢失。以一鸽或二鸽掷于房上，招盘儿下来，叫做"垫"。

❶ 叙述
老鸽是有认家的能力的，不用跟着鸽阵，即使离家很远，也能找回来。

① 老鸽不限于随盘儿飞，有时被主人携到十数里之外去放，仍能飞回来。有时候卖出去，过一两月还能找到了老家。

养鸽的人家，房脊上摆琉璃瓦两三块，一黄二绿，或二绿一黄，以作标帜。鸽们记得这个颜色与摆法，即不往生地方落。

新鸽买来，用线拢住翅儿，以防飞走。过几天，把翅儿松开些，使能打扑噜而不能高飞，掷之房上，使它认识环境。再过几天，看鸽性是强烈还是温柔而决定松绑的早晚。老鸽绑的日久，幼鸽绑的期短。松绑以后，就可以试着训练了。

❷ 叙述
虽然训练鸽子的方法很讲究，但是鸽子的食物和住处却很简单，只需平时注意些就可以。

② 鸽食很简单，通常都用高粱。到换毛的时候或极冷的时候才加些料豆儿。每天喂鸽最好有一定的次数。

住处也不须怎么讲究，普通的是用苇扎成个栅子，栅里再砌起窝来，每一窝放一草筐，够一对鸽住的。最要紧的是要干燥和安全。窝门不结实，或砌的不好，黄鼠狼就会半夜来偷鸽吃。窝干燥清洁，鸽不易得病；如得起病来，传染的很快，那可了不得。

该说鸽市。

对于鸽的食水，我没详说，因为在重要的点上大家虽差不多，可是每人都有自己的手法，不能完全相同；既是玩吗，个人总设法证明自己的方法最好。谈到鸽市，规矩可就是普通的了，示奇立异是行不通的。

在我幼时，天天有鸽市。我记得好像是这样：逢一五是在护国寺的后身，二六是在北新桥，三是土地庙，四是花市，七八是西城车儿胡同，九十是隆福寺外。每逢一五，是否在护国寺后身，我不敢说准了；想了半天，也想不起来。

鸽贩是每天必上市的。他们大约可分三种：第一种是阔手，只简单的拿着一个鸽笼，专买卖中上等的鸽子。第二种，挑着好几个笼，好歹不论，有利就买就卖。第三种是专买破鸽雏鸽与鸽蛋——送到饭庄当菜用，我最不喜欢这第三种，鸽子一到他们手里就算无望了。顶可怜是雏鸽，羽毛还没长全，可是已能叫人看出是不成材料的货，便入了死笼。① 雏鸽哆嗦着，被别的鸽压在笼底上，极细弱的叫着！再过几点钟便成了盘中的菜了。

此外，还有一种暗中作买卖而不叫别人知道的，这好像是票友使黑杵，虽已拿钱而不明言。这种人可不甚多。

养鸽的人到市上去，若是卖鸽，便也是提笼。若是去买鸽，既不知准能买到与否，自然不必拿着笼去。只去卖一二只鸽，或是买到一二只，既未提笼，就用手绢捆着鸽。

买鸽的时候，不见得准买一对。家中有只雄的，没有伴儿，便去买只雌的；或者相反。因此，卖鸽的总说"公儿欢，母儿消"。所谓"欢"者，就是公鸽正想择配，见着雌的便咕咕的叫着追求。所谓"消"者，是雌鸽正想出嫁，有公鸽向她求爱，她就点头接受。买到欢公或消母，拿到家中即能马上结婚，不必费事。欢与消可以——若是有笼——当面试验。可是市上的鸽未必雄的都欢，雌的都消。况且有时两雄或两雌放在一处而充作一对儿卖。这可就得看买主的眼睛了。你本想去买一只欢公，而市上没有；可是有一只，虽不欢，但是合你的意。那么，也就得买这一只；现在不欢，过几天也许就欢起来。② 你怎么知道那是个公的呢？为买公鸽而去，却买了只母的回来，岂不窝囊得慌！市上是不甚讲道德的，没眼睛的就要受骗。

看鸽是这样的：把鸽拿在左手中，拢着鸽的翅与腿，用右手去托一托鸽的胸。鸽在此时，如瞪眼，即是公；眨眼的，即是母。

❶ 动作描写

生动形象地写出了雏鸽的可怜和弱小，它们吓得瑟瑟发抖，小声地叫唤着，却依旧逃不过残酷的命运。

❷ 疑问

用一个疑问句写出了买鸽子时眼力的重要性。如果眼力不好就会上当受骗，买到不需要的。

头大的是公，头小的是母。除辨别公母，鸽在手中也能觉出挺拔与否。真正的行家，拿起鸽来，还能看出鸽的血统正不正来，有的鸽，外表很好，而来路不正，将来下蛋孵窝，未必还能出好鸽。这个，我可不大深知；我没有多少经验。

①看完了头部，要用手捋一捋鸽翅，看翅活动与否，有力没有，与是否有伤——有的鸽是被弩弹打过而翅子僵硬不灵的。对于峰、尾，都要吹一吹，细看看；恐怕是假作的。都看好了，才讲价钱。半日之中，鸽受罪不少。所以真正好鸽，如鸽市上去卖，便放在笼内，只准看，不准动手。这显着硬气，可是鸽子的身分得真高；假如弄只破鸽而这么办，必会被人当笑话说。②还有呢，好鸽保养的好，身上有一层白霜，像葡萄霜儿那样好看，经手一摸，便把霜儿蹭了去；所以不许动手。可是好鸽上市，即使不许人动，在笼中究竟要受损失，尾巴是最易磨坏的。所以要出手好鸽往往把买主请到家中来看，根本不到市上去。因此，市上实在见不着什么值钱的鸽子。

关于鸽，我想起这么些儿来，离详尽还远得很呢。就是这一点，恐怕还有说错了的地方；二十多年前的事是不易老记得很清楚的。

现在，粮食贵，有闲的人也少了，恐怕就还有养鸽的也不似先前那样讲究了。可是这也没什么可惜。我只是为述说而述说，倒不提倡什么国鸟国鸽的。

（原载于1935年4月《人间世》第26期）

❶叙述

详细介绍了买鸽子的注意点和流程，可见买鸽子并不是一件简单的事情，里面大有学问。

❷做铺垫

生动形象地写出了好鸽身上的样子，突出了好鸽身上有白霜这个特征，也为后文市面上看不到好鸽做铺垫。

精华赏析

在这篇文章中,老舍先生对养鸽的事情进行了详细的介绍,说出了养鸽、训鸽和买鸽时的辛苦、怄气和开心,字里行间充满了老北京的独特风味。

延伸思考

1. 养鸽子为什么会怄气?
2. 鸽子的吃食是怎么样的?
3. 鸽子是怎么训练的?

相关链接

养小动物是一件不容易的事情,而养鸽子更是辛苦,还容易和人发生斗气的事情。整篇文章看起来似乎是在说鸽子不好,使人时时心惊胆战,实际上却表达了作者对鸽子的喜爱。

鬼与狐

名师导读

夜晚的鬼和成精的狐狸,在人们的印象中都是非常可怕的存在,但是在作者的眼中,白天的鬼才是最可怕的。

我所见过的鬼都是鼻眼俱全,带着腿儿,白天在街上蹓跶的。夜里出来活动的鬼,还未曾遇到过;不是他们的过错,而是因为我不敢走黑道儿。平均的说,我总是晚上九点后十点前睡觉,鬼们还未曾出来;一睁眼就又天亮了,据说鬼们是在鸡鸣以前回家休息的。所以我老与鬼们两不照面,向无交往。①即使有时候鬼在半夜扒着窗户看看我,我向来是睡得如死狗一般,大概他们也不大好意思惊动我。据我推测,鬼的拿手戏是在吓唬人;那么,我夜间不醒,他也就没办法。就是他想一口冷气把我吹死,到底未能先使我的头发立起如刺猬的样子,他大概是不会过瘾的。

假若黑夜的鬼可以躲避,白天的鬼倒真没法儿防备。我不能白天也老睡觉。只要我一上街,总得遇上他。有时候在家中静坐,他会找上门来。夜里的鬼并不这样讨人嫌。还有呢,夜

① 比喻

将自己睡着的样子比作死狗,可见作者晚上睡得很沉,所以碰不到夜晚的鬼。

间的鬼有种种奇装异服与怪脸面，使人一见就知道鬼来了，如披散着头发，吐着舌头，走道儿没声音，和驾着阴风等等。这些特异的标帜使人先有个准备，能打呢就和他开仗，如若个子太高或样子太可怕呢，咱就给他表演个二百米或一英里竞走，虽然他也许打破我的纪录，而跑到前面去，可是到底我有个希望。①白天的鬼，哼，比夜间的要厉害着多少倍，简直不知多少倍。第一，他不吐舌头，也不打旋风；他只在你不留神的时候，脚底下一绊，你准得躺下。他的样子一点也不见得比我难看，十之八九是胖胖的，一肚子鬼胎。②他要能吓唬你，自然是见面就"虎"一气了；可是一般的说，他不"虎"，而是嬉皮笑脸的讨人喜欢，等你中了他的计策之后，你才觉出他比棺材板还硬还凉。他与夜鬼的分别是这样：夜鬼拿人当人待，他至多不过希望拉个替身；白日鬼根本不拿人当人，你只是他的诡计中的一个环节，你永远逃不出他的圈儿。夜鬼大概多少有点委屈，所以白脸红舌头的出出恶气，这情有可原。白日鬼什么委屈也没有，他干脆要占别人的便宜。夜鬼不讲什么道德，因为他晓得自己是鬼；白日鬼很讲道德，嘴里讲，心里是男盗女娼一应俱全。更厉害的是他比夜鬼的心眼多，他知道怎样有组织，用大家的势力摆下迷魂大阵，把他所要收拾的一一的捉进阵去。在夜鬼的历史里，很少有大头鬼、吊死鬼等等联合起来作大规模运动的。白日鬼可就两样了，他们永远有团体，有计划，使你躲开这个，躲不开那个，早晚得落在他们的手中。夜鬼因为势力孤单，他知道怎样不专凭势力，而有时也去找个清官，如包老爷之流，诉诉委屈，而从法律上雪冤报仇。白日鬼不讲这一套，世上的包老爷多数死在他们的手里，更不用说别人了。这种鬼的存在似乎专为害人，就是害不死人，也把人气死。他们什么也晓得，只是不晓得怎样不讨厌。他们的心眼很复杂，很快，很柔软——像块皮糖似的怎揉怎合适，怎方便怎去。他们没有半点火气，地道的纯阴，心凉得像块冰似的，口中叨着

❶比较

通过比较白天的鬼和夜晚的鬼，突出了白天的鬼的可怕，并引出了后文的具体原因。

❷对比

中计前的嬉皮笑脸和中计后的冰凉、生硬形成了鲜明的对比，突出了白天的鬼的可怕和恶毒。

大吕宋烟。

这种无处无时不讨厌的鬼似乎该有个名称，我想"不知死的鬼"就很恰当。这种鬼虽具有人形，而心肺则似乎不与人心人肺的标本一样。①他在顶小的利益上看出天大的甜头，在极黑暗的地方看出美，找到享乐。他吃，他唱，他交媾，他不知道死。这种玩艺们把世界弄成了鬼的世界，有地狱的黑暗，而无其严肃。

鬼之外，应当说到狐。在狐的历史里，似乎女权很高，千年白狐总是变成妖艳的小娘子——可惜就是有时候露出点小尾巴。虽然有时候狐也变成白发老翁，可是究竟是老翁，少壮的男狐精就不大听说。因此，鬼若是可怕，狐便可怕而又可喜，往往使人舍不得她。她浪漫。

因为浪漫，狐似乎有点傻气，至少比"不知死的鬼"傻多了。修炼了千年或更长的时间才能化为人形，不刻苦的继续下工夫，却偏偏为爱情而牺牲，以至被张天师的张手雷打个粉碎，其愚不可及也。况且所爱的往往不是有汽车高楼的痴胖子，而是风流年少的穷书生；这太不上算了，要按着世上女鬼的逻辑说。

狐的手段也不高明。②对于得恶他们的人，只会给饭锅里扔把沙子，或把茶壶茶碗放在厕所里去。这种办法太幼稚，只能恼人而不叫人真怕他们。于是人们请来高僧或捉妖的老道，门前挂上符咒，老少狐仙便即刻搬家。在这一点上，狐远不及鬼，更不及白日的鬼。鬼会在半夜三更叫唤几声，就把人吓得藏在被窝里出白毛汗，至少得烧点纸钱安慰安慰冤魂。至于那白日鬼就更厉害了，他会不动声色的，跟你一块吃喝的功夫，把你送到阴间去，到了阴间你还不知道是怎回事呢。

我以为说鬼与狐的故事与文艺大概多数的是为造成一种恐怖，故意的供给一种人为的哆嗦，好使心中空洞的人有些一想就颤抖的东西——神经的冷水浴。在这个目的以外，也许还有时候含着点教训，如鬼狐的报恩等等。不论是怎样吧，写这样

❶ 叙述

白天的鬼贪图利益，注重享受，无视法律法规，他们把世界变得黑暗无比，令人仿佛置身地狱之中。

❷ 叙述

对于那些得罪自己的人，狐的手段并不残忍，也不高明，反而显出一股幼稚和可爱。

故事的人大概都是为避免着人事，因为人事中的阴险诡诈远非鬼所能及；鬼的能力与心计太有限了，所以鬼事倒比较的容易写一些。至于鬼狐报恩一类的事，也许是求之人世而不可得，乃转而求诸鬼狐吧。

（原载于1936年7月1日《论语》第91期）

精华赏析

作者列举了三种形象，白天的鬼、夜晚的鬼和狐。相比较起来，不管是夜晚的鬼还是狐，都没有白天的鬼厉害、恶毒。白天的鬼罔顾法律，贪钱好色，还无法避开，可怕至极。

延伸思考

1. 白天的鬼是指什么？
2. 夜晚的鬼是指什么？
3. 狐和白天的鬼谁更厉害？

相关链接

文章中说到的"鬼与狐"其实是两种人，作者把"白天的鬼"和夜晚的鬼狐进行对比，突出了"白天的鬼"，即那些看起来道貌岸然，实际上却没有人性的人的可怕、可恨。

小麻雀

名师导读

院子里来了一只刚长全了羽毛的麻雀,虽然不怕人,但又不全然信任别人,像是从小被人养着后来又被伤害了似的……

雨后,院里来了个麻雀,刚长全了羽毛。它在院里跳,有时飞一下,不过是由地上飞到花盆沿上,或由花盆上飞下来。看它这么飞了两三次,我看出来:它并不会飞得再高一些,它的左翅的几根长翎拧在一处,有一根特别的长,似乎要脱落下来。我试着往前凑,它跳一跳,可是又停住,看着我,小黑豆眼带出点要亲近我又不完全信任的神气。①我想到了:这是个熟鸟,也许是自幼便养在笼中的。所以它不十分怕人。可是它的左翅也许是被养着它的或别个孩子给扯坏,所以它爱人,又不完全信任。想到这个,我忽然的很难过。一个飞禽失去翅膀是多么可怜。这个小鸟离了人恐怕不会活,可是人又那么狠心,伤了它的翎羽。它被人毁坏了,而还想依靠人,多么可怜!它的眼带出进退为难的神情,虽然只是么个小而不美的小鸟,它的举动与表情可露出极大的委屈与为难。它是要保全它那点生命,

① 心理描写

看着小麻雀的状态,作者意识到这只小麻雀曾经被养在笼子中,后来又被人类所伤,因此对人既亲近又不完全信任。

而不晓得如何是好。对它自己与人都没有信心，而又愿找到些倚靠。它跳一跳，停一停，看着我，又不敢过来。我想拿几个饭粒诱它前来，又不敢离开，我怕小猫来扑它。可是小猫并没在院里，我很快的跑进厨房，抓来了几个饭粒。及至我回来，小鸟已不见了。我向外院跑去，小猫在影壁前的花盆旁蹲着呢。我忙去驱逐它，它只一扑，把小鸟擒住！① 被人养惯的小麻雀，连挣扎都不会，尾与爪在猫嘴旁搭拉着，和死去差不多。

❶ **动作描写**
小麻雀被人养惯了，失去了原有的野性，被猫叼住后连挣扎都不会，显得格外可怜。

瞧着小鸟，猫一头跑进厨房，又一头跑到西屋。我不敢紧追，怕它更咬紧了可又不能不追。虽然看不见小鸟的头部，我还没忘了那个眼神。那个预知生命危险的眼神。那个眼神与我的好心中间隔着一只小白猫。来回跑了几次，我不追了。追上也没用了，我想，小鸟至少已半死了。猫又进了厨房，我楞了一会儿，赶紧的又追了去；那两个黑豆眼仿佛在我心内睁着呢。

进了厨房，猫在一条铁筒——冬天升火通烟用的，春天拆下来便放在厨房的墙角——旁蹲着呢。小鸟已不见了。铁筒的下端未完全扣在地上，开着一个不小的缝儿小猫用脚往里探。我的希望回来了，小鸟没死。小猫本来才四个来月大，还没捉住过老鼠，或者还不会杀生，只是叼着小鸟玩一玩。正在这么想，小鸟，忽然出来了，猫倒像吓了一跳，往后躲了躲。小鸟的样子，我一眼便看清了，登时使我要闭上了眼。② 小鸟几乎是蹲着，胸离地很近，像人害肚痛蹲在地上那样。它身上并没血。身子可似乎是蜷在一块，非常的短。头低着，小嘴指着地。那两个黑眼珠！非常的黑，非常的大，不看什么，就那么顶黑顶大的楞着。它只有那么一点活气，都在眼里，像是等着猫再扑它，它没力量反抗或逃避；又像是等着猫赦免了它，或是来个救星。生与死都在这俩眼里，而并不是清醒的。它是胡涂了，昏迷了；不然为什么由铁筒中出来呢？可是，虽然昏迷，到底有那么一点说不清的，生命根源的，希望。这个希望使它注视着地上，等着，等着生或死。它怕得非常的忠诚，完全把自己交给了一

❷ **具体描写**
生动具体地写出了小鸟的样子，体现了它的害怕和无助，令人感到痛心。

线的希望，一点也不动。像把生命要从两眼中流出，它不叫也不动。

　　小猫没再扑它，只试着用小脚碰它。它随着击碰倾侧，头不动，眼不动，还呆呆的注视着地上。但求它能活着，它就决不反抗。可是并非全无勇气，它是在猫的面前不动！我轻轻的过去，把猫抓住。将猫放在门外，小鸟还没动。我双手把它捧起来。它确是没受了多大的伤，虽然胸上落了点毛。它看了我一眼！

　　① 我没主意：把它放了吧，它准是死？养着它吧，家中没有笼子。我捧着它好像世上一切生命都在我的掌中似的，我不知怎样好。小鸟不动，蜷着身，两眼还那么黑，等着！楞了好久，我把它捧到卧室里，放在桌子上，看着它，它又楞了半天，忽然头向左右歪了歪用它的黑眼睁了一下；又不动了，可是身子长出来一些，还低头看着，似乎明白了点什么。

　　（原载于1934年7月《文学评论》第1卷第2期）

① **心理描写**
看着手中弱小的无法独自生存的小麻雀，作者心中十分为难，小麻雀的命运就掌握在自己的手中。

精华赏析

　　小麻雀自小被人养着，习惯了笼子里的生活，在被人伤害后，它不再全然信任人类，但自己又无法独立生存，只能可怜地继续试探着寻求人类的照料。

延伸思考

1. 这只麻雀为什么不怕人？
2. 这只麻雀为什么被猫咬住也不反抗？

3."我"对小麻雀的去留有什么想法?

相关链接

作者发表这篇文章的时候,中国社会还处在旧社会,他借小麻雀的形象,抒发了自己对社会底层人民的同情和关注。

兔儿爷

名师导读

在北方的几座名城，每到中秋的时候，街上便会摆出各式各样的兔儿爷，然而兔儿爷漂亮归漂亮，却很易碎。

我好静，故怕旅行。自然，到过的地方就不多了。到的地方少，看的东西自然也就少。就是对于兔儿爷这玩艺也没有看过多少种。

稍为熟习的只有北方几座城：北平，天津，济南，和青岛。在这四个名城里，一到中秋，街上便摆出兔儿爷来——就是山东人称为兔子王的泥人。兔儿爷或兔子王都是泥作的。① 兔脸人身，有的背后还插上纸旗，头上罩着纸伞。种类多，作工细，要算北平。山东的兔子王样式既少，手工也很糙。

泥人本有多种，可是因为不结实，所以作得都不太精细；给小儿女买玩艺儿，谁也不愿多花钱买一碰即碎的呀。兔儿爷虽也系泥人，但售出的时间只在八月节前的半个月左右，与月饼同为迎时当令的东西，故不妨作得精细一些。况且小儿女们每愿给兔儿爷上供，置之桌上，不像对待别种泥娃娃那么随便，

❶叙述

作者用简洁的语言，介绍了兔儿爷的样子，兔儿爷虽然种类多，但是大体上是差不多的。

于是也就略为减少碰碎的危险。这样，兔儿爷便获得较优越的地位，而能每年一度很漂亮的出现于街头。

①中秋又到了，北平等处的兔儿爷怎样呢？

我可以想象到：那些粉脸彩衣，插旗打伞的泥人们一定还是一行行的摆在街头，为暴敌粉饰升平啊！

听说敌人这些日子，正在北平大量的焚书，几乎凡不是木板的图书都可以遭到被投入火里的厄运。学校里，人家里，都没有了书，而街头上到处摆出兔儿爷，多么好的一种布置呢！暴敌要的是傀儡呀！

友人来信，说平津大雨，连韭菜都卖到三吊钱（与重庆的"吊"同值）一束，粗粮也卖到一毛多一斤。谁还买得起兔儿爷呢？大概也就是在市上摆几天，给大家热闹热闹眼睛吧？

因而就想到那些高等汉奸，到时候，他们就必出来。正如桂花一开，兔子王便上市。他们的脸很体面，油光水滑的，只可惜鼻下有个三瓣子嘴，而头上有一对长耳朵。他们的身上也花花绿绿，足下登起粉底高靴。身腔里可是空空的，脊背有个泥团儿，为插旗伞之用；旗伞都是纸作的。他们多体面，多空虚，多没有心肝呢！他们唯一的好处似乎只在有两个泥膝，跪下很方便。

②兔儿爷怕遇上淘气的孩子，左搬右弄，它脸上的粉，身上的彩，便被弄污；不幸而孩子一失手，全身便变成若干小片片了。孩子并不十分伤心，有钱便能再买一个呀。幸而支持了中秋，并未粉碎；可又时节已过，谁还有心玩兔子王呢？最聪明的傀儡也不过是些小土片呀！那些带活气的兔子王，越漂亮，我就越替他们担心；小日本鬼子不但淘气，而且是世上最凶狠的孩子啊。兔子王的寿命无论如何过不去中秋，我真想为那些粉墨登场的傀儡们落泪了。

抗战建国须凭真实本领与浩然正气，只能迎时当令充兔子王的，不作汉奸，也是废物。那么，我们不仅当北望平津，似

❶过渡

承上启下，自然引出下文的北平等处的兔儿爷的情况，引出作者由兔儿爷想到的内容。

❷叙述

这里的兔儿爷既指那漂亮的手工艺品，也指汉奸，暗指汉奸早晚会像兔儿爷一样粉身碎骨。

乎也当自省一下吧?

(原载于 1938 年 10 月 30 日《弹花》第 2 卷第 1 期)

作者通过描写美丽的兔儿爷,对卑躬屈膝的汉奸进行了批判,表达了他对汉奸的痛恨,也表现出了他对祖国的热爱,呼吁人们在国难之际,用一身正气捍卫祖国。

1.兔儿爷是什么样子的?
2.作者想用兔儿爷来比喻谁?
3.这篇文章表达了作者什么样的思想感情?

1938 年 10 月,中国到处弥漫着硝烟,日本军队的侵略使中国人民苦不堪言,备受折磨。因此作者写下此文,嘲讽那些谄媚的汉奸为"兔儿爷",并预示他们不会有好下场。

英国人

名师导读

老舍先生曾在英国停留了5年，见识了英国各式各样的风俗风貌，那么在老舍的眼中，英国人是怎么样的一种形象呢？

据我看，一个人即使承认英国人民有许多好处，大概也不会因为这个而乐意和他们交朋友。自然，一个有金钱与地位的人，走到哪里也会受欢迎；不过，在英国也比在别国多些限制。①比如以地位说吧，假如一个作讲师或助教的，要是到了德国或法国，一定会有些人称呼他"教授"。不管是出于诚心吧，还是捧场；反正这是承认教师有相当的地位，是很显然的，在英国，除非他真正是位教授，绝不会有人来招呼他。而且，这位教授假若不是牛津或剑桥的，也就还差点劲儿。贵族也是如此，似乎只有英国国产贵族才能算数儿。

至于一个平常人，尽管在伦敦或其他的地方住上十年八载，也未必能交上一个朋友。是的，我们必须先交代明白，在资本主义的社会里，大家一天到晚为生活而奔忙，实在找不出闲工夫去交朋友；欧西各国都是如此，英国并非例外。不过，即使

❶对比

在德国和法国，讲师和助教也会被一些人称为"教授"，拥有不错的地位，但是在英国却只有真正的教授才有这样的待遇，可见英国的限制更多。

❶对比

通过对比法国人和英国人对生人的态度，形象地写出了英国人的冷漠和高傲，难以接近。

❷叙述

作者进一步说明了英国人的规矩之多，家里的事情、职业、收入都不能随便交谈。

❸叙述

真正有见识的英国人反而不大被看得起，连拜伦、雪莱、王尔德这些极有名气的人物都不被欢迎。

我们承认这个，可是英国人还有些特别的地方，使他们更难接近。①一个法国人见着个生人，能够非常的亲热，越是因为这个生人的法国话讲得不好，他才越愿指导他。英国人呢，他以为天下没有会讲英语的，除了他们自己，他干脆不愿答理一个生人。一个英国人想不到一个生人可以不明白英国的规矩，而是一见到生人说话行动有不对的地方，马上认为这个人是野蛮，不屑于再招呼他。英国的规矩又偏偏是那么多！他不能想象到别人可以没有这些规矩，而另有一套；不，英国的是一切；设若别处没有那么多的雾，那根本不能算作真正的天气！

②除了规矩而外，英国人还有好多不许说的事：家中的事，个人的职业与收入，通通不许说，除非彼此是极亲近的人。一个住在英国的客人，第一要学会那套规矩，第二要别乱打听事儿，第三别谈政治，那么，大家只好谈天气了，而天气又是那么不得人心。自然，英国人很有的说，假若他愿意：他可以讲论赛马、足球、养狗、高尔夫球等等；可是咱又许不大晓得这些事儿。结果呢，只好对楞着。对了，还有宗教呢，这也最好不谈。每个英国人有他自己开阔的到天堂之路，乘早儿不用惹麻烦。连书籍最好也不谈，一般的说，英国人的读书能力与兴趣远不及法国人。能念几本书的差不多就得属于中等阶级，自然我们所愿与谈论书籍的至少是这路人。这路人比谁的成见都大，那么与他们闲话书籍也是自找无趣的事。多数的中等人拿读书——自然是指小说了——当作一种自己生活理想的佐证。一个普通的少女，长得有个模样，嫁了个驶汽车的；在结婚之夕才证实了，他原来是个贵族，而且承袭了楼上有鬼的旧宫，专是壁上的挂图就值多少百万！读惯这种书的，当然很难想到别的事儿，与他们谈论书籍和捣乱大概没有什么分别。中上的人自然有些识见了，可是很难遇到啊。③况且有些识见的英国人，根本在英国就不大被人看得起；他们连拜伦，雪莱，和王尔德还都逐出国外去，我们想跟这样人交朋友——即使有机会——无疑的

也会被看作成怪物的。

我真想不出，彼此不能交谈，怎能成为朋友。自然，也许有人说：不常交谈，那么遇到有事需要彼此的帮忙，便丁对丁，卯对卯的去办好了；彼此有了这样干脆了当的交涉与接触，也能成为朋友，不是吗？是的，求人帮助是必不可免的事，就是在英国也是如是；不过英国人的脾气还是以能不求人为最好。他们的脾气即是这样，他们不求你，你也就不好意思求他了。多数的英国人愿当鲁滨孙，万事不求人。于是他们对别人也就不愿多伸手管事。况且，他们即使愿意帮忙你，他们是那样的沉默简单，事情是给你办了，可是交情仍然谈不到。当一个英国人答应了你办一件事，他必定给你办到。可是，跟他上火车一样，非到车已要开了，他不露面。你别去催他，他有他的稳当劲儿。等办完了事，他还是不理你，直等到你去谢谢他，他才微笑一笑。到底还是交不上朋友，无论你怎样上前巴结。假若你一个劲儿奉承他或讨他的好，他也许告诉你："请少来吧，我忙！"这自然不是说，英国就没有一个和气的人。不，绝不是。一个和气的英国人可以说是最有礼貌，最有心路，最体面的人。不过，他的好处只能使你钦佩他，他有好些地方使人不便和他套交情。他的礼貌与体面是一种武器，使人不敢离他太近了。就是顶和气的英国人，也比别人端庄的多；他不喜欢法国式的亲热——你可以看见两个法国男人互吻，可是很少见一个英国人把手放在另一个英国人的肩上，或搂着脖儿。①两个很要好的女友在一块儿吃饭，设若有一个因为点儿原故而想把自己的菜让给友人一点，你必会听到那个女友说："这不是羞辱我吗？"男人就根本不办这样的傻事。是呀，男人对于让酒让烟是极普遍的事，可是只限于烟酒，他们不会肥马轻裘与友共之。

这样讲，好像英国人太别扭了。别扭，不错；可是他们也有好处。你可以永远不与他们交朋友，但你不能不佩服他们。事情都是两面的。英国人不愿轻易替别人出力，他可也不来讨

❶举例子

举实例说明英国人的"端庄"：在英国，给对方夹菜不是一种亲近的表现，而是被当成了一种羞辱。

❶比喻
生动地写出了英国人的高傲，虽然他们很难被打动，但你只要足够有价值，他们也会承认你。

❷比喻
生动形象地写出了英国人别扭的形象，他们看起来沉默孤高，实际上却十分幽默。

厌你呀。他的确非常高傲，可是你要是也沉住了气，他便要佩服你。一般的说，英国人很正直。他们并不因为自傲而蛮不讲理。①对于一个英国人，你要先估量估量他的身分，再看看你自己的价值，他要是像块石头，你顶好像块大理石；硬碰硬，而你比他更硬。他会承认他的弱点。他能够很体谅人，很大方，但是他不愿露出来；你对他也顶好这样。设若你准知道他要向灯，你就顶好也先向灯，他自然会向火；他喜欢表示自己有独立的意见。他的意见可老是意见，假若你说得有理，到办事的时候他会牺牲自己的意见，而应怎么办就怎么办。②你必须知道，他的态度虽是那么沉默孤高，像有心事的老驴似的，可是他心中很能幽默一气。他不轻易向人表示亲热，可也不轻易生气，到他说不过你的时候，他会以一笑了之。这点幽默劲儿使英国人几乎成为可爱的了。他没火气，他不吹牛，虽然他很自傲自尊。

所以，假若英国人成不了你的朋友，他们可是很好相处。他们该办什么就办什么，不必你去套交情；他们不因私交而改变作事该有的态度。他们的自傲使他们对人冷淡，可是也使他们自重。他们的正直使他们对人不客气，可也使他们对事认真。你不能拿他当作吃喝不分的朋友，可是一定能拿他当个很好的公民或办事人。就是他的幽默也不低级讨厌，幽默助成他作个贞脱儿曼，不是弄鬼脸逗笑。他并不老实，可是他大方。

他们不爱着急，所以也不好讲理想。胖子不是一口吃起来的，乌托邦也不是一步就走到的。往坏了说，他们只顾眼前；往好里说，他们不乌烟瘴气。他们不爱听世界大同，四海兄弟，或那顶大顶大的计划。他们愿一步一步慢慢的走，走到哪里算哪里。成功呢，好；失败呢，再干。英国兵不怕打败仗。英国的一切都好像是在那儿敷衍呢，可是他们在各种事业上并不是不求进步。这种骑马找马的办法常常使人以为他们是狡猾，或守旧；狡猾容或有之，守旧也是真的，可是英国人不在乎，他有他的主意。他深信常识是最可宝贵的,慢慢走着瞧吧。①萧伯纳可以把他们骂得狗血喷头,可是他们会说:"他是爱尔兰的呀!"他们会随着萧伯纳笑他们自己,但他们到底是他们——萧伯纳连一点办法也没有!

这些,可只是个简单的,大概的,一点由观察得来的印象。一般的说,也许大致不错;应用到某一种或某一个英国人身上,必定有许多欠妥当的地方。概括的论断总是免不了危险的。

（原载于1936年9月《西风》第1期）

❶ 语言描写
英国人将萧伯纳称作爱尔兰人,来表现他们的狡猾,他们并不会因为萧伯纳的责骂而改变自己。

精华赏析

英国人对他国人并不热情,甚至有些冷淡,他们性子别扭;连规矩也比别的国家多,但是他们也有自己的优点,他们正直、守诺,坚守自己的信念,从不怕失败。

延伸思考

1. 作者认为英国人是怎么样的?
2. 不能和英国人谈论哪些话题?
3. 作者为什么说"假若英国人成不了你的朋友,他们可是很好相处"?

相关链接

每个国家都有不同的规矩和风俗,所以我们应当尊重他人,客观看待他人。英国人虽然不够热情,不够亲和,但是他们正直、踏实,我们不能片面地去评判他们。

我的几个房东

——留英回忆之二

名师导读

老舍先生在英国的时候,难免要住在别人家里,因此结识了几个房东。那么,这些房东都是什么样的呢?

初到伦敦,经艾温士教授的介绍,住在了离"城"有十多英里的一个人家里。房主人是两位老姑娘。大姑娘有点傻气,腿上常闹湿气,所以身心都不大有用。家务统由妹妹操持,她勤苦诚实,且受过相当的教育。

她们的父亲是开面包房的,死后,把面包房给了儿子,给二女一人一处小房子。她们卖出一所,把钱存在银行生息。其余的一所,就由她们合住。①妹妹本可以去作,也真作过,家庭教师。可是因为姐姐需人照管,所以不出去作事,而把楼上的两间屋子租给单身的男人,进些租金。这给妹妹许多工作,她得给大家作早餐晚饭,得上街买东西,得收拾房间,得给大家洗小衣裳,得记账。这些,已足使任何一个女子累得喘不过气来。可是她于这些工作外,还得答复朋友的信,读一两段圣经,

❶叙述

作者介绍了房东妹妹不出去工作的原因,表现了她的善良,也为下文埋下伏笔。

和作些针线。

她这种勤苦忠诚，倒还不是我所佩服的。我真佩服她那点独立的精神。她的哥开着面包房，到圣诞节才送给妹妹一块大鸡蛋糕！① 她决不去求他的帮助，就是对那一块大鸡蛋糕，她也马上还礼，送给她哥一点有用的小物件。当我快回国时去看她，她的背已很弯，发也有些白的了。

自然，这种独立的精神是由资本主义的社会制度逼出来的，可是，我到底不能不佩服她。

在她那里住过一冬，我搬到伦敦的西部去。这回是与一个叫艾支顿的合租一层楼。所以事实上我所要说的是这个艾支顿——称他为二房东都勉强一些——而不是真正的房东。我与他一气在那里住了三年。

这个人的父亲是牧师，他自己可不信宗教。当他很年轻的时候，他和一个女子由家中逃出来，在伦敦结了婚，生了三四个小孩。他有相当的聪明，好读书。专就文字方面上说，他会拉丁文，希腊文，德文，法文，程度都不坏。英文，他写得非常的漂亮。他作过一两本讲教育的书，即使内容上不怎样，他的文字之美是公认的事实。我愿意同他住在一处，差不多是为学些地道好英文。在大战时，他去投军。因为心脏弱，报不上名。他硬挤了进去。见到了军官，凭他的谈吐与学识，自然不会被叉去帐外。② 一来二去，他升到中校，差不多等于中国的旅长了。

战后，他拿了一笔不小的遣散费，回到伦敦，重整旧业，他又去教书。为充实学识，还到过维也纳听弗洛衣德的心理学。后来就在牛津的补习学校教书。这个学校是为工人们预备的，仿佛有点像国内的暑期学校，不过目的不在补习升学的功课。作这种学校的教员，自然没有什么地位，可是实利上并不坏：一年只作半年的事，薪水也并不很低。这个，大概是他的黄金"时代"。以身份言，中校；以学识言，有著作；以生活言，有个清闲舒服的事情。

❶ 叙述

妹妹生活困难却从不寻求哥哥的帮助，哪怕哥哥送了块蛋糕，她也要马上回礼，可见她的独立和倔强。

❷ 解释说明

解释说明了他的军衔与中国的旅长相当，更直观地表现出了他当时不错的地位。

也正是在这个时候，他和一位美国女子发生了恋爱。她出自名家，有硕士的学位。来伦敦游玩，遇上了他。她的学识正好补足他的，她是学经济的；他在补习学校演讲关于经济的问题，她就给他预备稿子。

他的夫人告了。离婚案刚一提到法厅，补习学校便免了他的职。这种案子在牛津与剑桥还是闹不得的！离婚案成立，他得到自由，但须按月供给夫人一些钱。

① 在我遇到他的时候，他正极狼狈。自己没有事，除了夫妇的花销，还得供给原配。幸而硕士找到了事，两份儿家都由她支持着。他空有学问，找不到事。可是两家的感情渐渐的改善，两位夫人见了面，他每月给第一位夫人送钱也是亲自去，他的女儿也肯来找他。这个，可救不了穷。穷，他还很会花钱。作过几年军官，他挥霍惯了。钱一到他手里便不会老实。他爱买书，爱吸好烟，有时候还得喝一盅。我在东方学院见了他，他到那里学华语；不知他怎么弄到手里几镑钱，便出了这个主意。见到我，他说彼此交换知识，我多教他些中文，他教我些英文，岂不甚好？为学习的方便，顶好是住在一处，假若我出房钱，他就供给我饭食。我点了头，他便找了房。

艾支顿夫人真可怜。② 她早晨起来，便得作好早饭。吃完，她急忙去作工，拚命的追公共汽车；永远不等车站稳就跳上去，有时把腿碰得紫里蒿青。五点下工，又得给我们作晚饭。她的烹调本事不算高明，我俩一有点不爱吃的表示，她便立刻泪在眼眶里转。有时候，艾支顿卖了一本旧书或一张画，手中摸着点钱，笑着请我们出去吃一顿。有时候我看她太疲乏了，就请他俩吃顿中国饭。在这种时节，她喜欢得像小孩子似的。

他的朋友多数和他的情形差不多。我还记得几位：有一位是个年轻的工人，谈吐很好，可是时常失业，一点也不是他的错儿，怎奈工厂时开时闭。他自然的是个社会主义者，每逢来看艾支顿，他俩便粗着脖子红着脸的争辩。艾支顿也很有口才，

❶ 对比

作者和他相遇时，他十分的落魄，这和他过去的风光形成了鲜明的对比，也为后文艾支顿夫人的忙碌埋下了伏笔。

❷ 叙述

简单的语句突显出了艾支顿夫人的可怜，一大早就要开始忙碌，为了赶时间腿经常受伤……

不过与其说他是为政治主张而争辩，还不如说是为争辩而争辩。还有一位小老头也常来，他顶可爱。德文，意大利文，西班牙文，他都能读能写能讲，但是找不到事作；闲着没事，他只为一家磁砖厂吆喝买卖，拿一点扣头。①另一位老者，常上我们这一带来给人家擦玻璃，也是我们的朋友。这个老头是位博士。赶上我们在家，他便一边擦着玻璃，一边和我们讨论文学与哲学。孔子的哲学，泰戈尔的诗，他都读过，不用说西方的作家了。

只提这么三位吧，在他们的身上使我感到工商资本主义的社会的崩溃与罪恶。他们都有知识，有能力，可是被那个社会制度捆住了手，使他们抓不到面包。成千论万的人是这样，而且有远不及他们三个的！②找个事情真比登天还难！

艾支顿一直闲了三年。我们那层楼的租约是三年为限。住满了，房东要加租，我们就分离开，因为再找那样便宜，和恰好够三个人住的房子，是大不容易的。虽然不在一块儿住了，可是还时常见面。艾支顿只要手里有够看电影的钱，便立刻打电话请我去看电影。即使一个礼拜，他的手中彻底的空空如也，他也会约我到家里去吃一顿饭。自然，我去的时候也老给他们买些东西。这一点上，他不像普通的英国人，他好请朋友，也很坦然的接受朋友的约请与馈赠。有许多地方，他都带出点浪漫劲儿，但他到底是个英国人，不能完全放弃绅士的气派。

直到我回国的时际，他才找到了事——在一家大书局里作顾问，荐举大陆上与美国的书籍，经书局核准，他再找人去翻译或——若是美国的书——出英国版。我离开英国后，听说他已被那个书局聘为编辑员。

离开他们夫妇，我住了半年的公寓，不便细说；房东与房客除了交租金时见一面，没有一点别的关系。在公寓里，晚饭得出去吃，既费钱，又麻烦，所以我又去找房间。这回是在伦敦南部找到一间房子，房东是老夫妇，带着个女儿。

这个老头儿——达尔曼先生——是干什么的，至今我还不

❶ 举例子

一位博士，在英国却找不到工作，只能擦玻璃为生，可见英国对知识渊博的人的不重视。

❷ 夸张

作者把英国人找工作的事情和登天相比，可见英国社会现状的糟糕。

❶比喻

半年的时间，达尔曼先生一高兴就会不停地重复三段话，也难怪作者把他比作留声机片了。

❷对比

拿军官打人的行为和发现是伤兵之后赶紧跑的行为相比较，显示出伤兵在英国的被重视程度。

清楚。一来我只在那儿住了半年，二来英国人不喜欢谈私事，三来达尔曼先生不爱说话，所以我始终没得机会打听。偶尔由老夫妇谈话中听到一两句，仿佛他是木器行的，专给人家设计作家具。他身边常带着尺。但是我不敢说肯定的话。

①半年的工夫，我听熟了他三段话——他不大爱说话，但是一高兴就离不开这三段，像留声机片似的，永远不改。第一段是贵族巴来，由非洲弄来的钻石，一小铁筒一小铁筒的！每一块上都有个记号！第二段是他作过两次陪审员，非常的光荣！第三段是大战时，②一个伤兵没能给一个军官行礼，被军官打了一拳。及至看明了那是个伤兵，军官跑得比兔子还快；不然的话，非教街上的给打死不可！

除了这三段而外，假若他还有什么说的，便是重述《晨报》上的消息与意见。凡是《晨报》所说的都对！

这个老头儿是地道英国的小市民，有房，有点积蓄，勤苦，干净，什么也不知道，只晓得自己的工作是神圣的，英国人是世界上最好的人。

达尔曼太太是女性的达尔曼先生，她的意见不但得自《晨报》，而且是由达尔曼先生口中念出的那几段《晨报》，她没工夫自己去看报。

达尔曼姑娘只看《晨报》上的广告。有一回，或者是因为看我老拿着本书，她向我借一本小说。随手的我给了她一本威尔思的幽默故事。念了一段，她的脸都气紫了！我赶紧出去在报摊上给她找了本六个便士的罗曼司，内容大概是一个女招待嫁了个男招待，后来才发现这个男招待是位伯爵的承继人。这本小书使她对我又有了笑脸。

她没事作，所以在分类广告上登了一小段广告——教授跳舞。她的技术如何，我不晓得，不过她声明愿减收半费教给我的时候，我没出声。把知识变成金钱，是她，和一切小市民的格言。

① 她有点苦闷，没有男朋友约她出去玩耍，往往吃完晚饭便假装头疼，跑到楼上去睡觉。婚姻问题在那经济不景气的国度里，真是个没法办的问题。我看她恐怕要窝在家里！"房东太太的女儿"往往成为留学生的夫人，这是留什么外史一类小说的好材料；其实，里面的意义并不止是留学生的荒唐呀。

（原载于1936年12月《西风》第4期）

❶叙述

达尔曼姑娘没有男朋友，并不是因为自身原因而是英国经济不景气的原因，可以看出英国工商资本主义的崩坏。

精华赏析

老舍先生的房东们各有各的性格，房东两姐妹中的姐姐有点傻气，妹妹忠诚、独立、勤劳，艾支顿先生浪漫、绅士，达尔曼先生骄傲、知足。通过描写房东们，作者也写出了英国社会的优点和不足，令人深思。

延伸思考

1. "我"在英国最初的房东是什么样的人？
2. 艾支顿先生为什么落魄了？
3. "我"为什么不清楚房东达尔曼先生的工作？

相关链接

作者以房东两姐妹、艾支顿先生和达尔曼一家人为原型，用笔书写出了英国小市民的典型形象，并从中反映出了英国的社会情形，以及中国和英国之间巨大的文化差异。

爱的小鬼

名师导读

　　爱情总是拥有一种神奇的魔力，它使人欢喜，也使人烦恼，而"我"也因为误会吃醋，做了令人啼笑皆非的事情。

---

❶设悬念

　　生动形象地写出了苓开心、激动的心情，设下悬念，引起读者的阅读兴趣，从而引出下文。

　　我向来没有见过苓这么喜欢，她的神气几乎使人怀疑了，假如不是使人害怕。① 她哼唧着有腔无字的歌，随着口腔的方便继续的添凑，好像可以永远唱下去而且永远新颖，扶着椅子的扶手，似乎是要立起来，可是脚尖在地上轻轻的点动，似乎急于为她自造的歌曲敲出节拍，而暂时的忘了立起来。她的眼可是看着天花板，像有朵鲜玫瑰在那儿似的。她的耳似乎听着她自己脸上的红潮进退的微音。她确是快乐得有点忘形。她忽然的跳起来，自己笑着，三步加一跳的在屋中转了几个圈，故意的微喘，嘴更笑得张开些。头发盖住了右眼，用脖子的弹力给抛回头上，然后双手交叉撑住脑勺儿，又看天花板上那朵无形的鲜玫瑰。

　　"苓！"我叫了她一声。

　　她的眼光似乎由天上收回到人间来了，刚遇上我的便又微微的挪开一些，放在我的耳唇那一溜儿。

"什么事这么喜欢？"我用逗弄的口气"说"——实在不像是"问"。

"猜吧，"苓永远把两个字，特别是那半个"吧"，说得像音乐作的两颗珠子，一大一小。

"谁猜得着你个小狗肚子里又憋什么坏！"我的笑容把那个"！"减去一切应有的分量。

①"你个臭东东！打你去！"苓欢喜的时候，"东西"便是"东东"。

"不用打岔，告诉我！"

"偏不告诉你，偏不，偏不！"她还是笑着，可是笑的声儿，恐怕只有我听得出来，微微有点不自然了。

设若我不再往下问，大概三分钟后她总得给我些眼泪看看。设若一定问，也无须等三分钟眼泪便过度的降生。②我还是不敢耽误工夫太大了，一分钟冷静的过去，全世界便变成个冰海。迅速定计，可是，真又不容易。爱的生活里有无数的小毛毛虫，每个小毛毛虫都足以使你哭不得笑不得。一天至少有那么几次。

"好宝贝，告诉我吧！"说得有点欠火力，我知道。

她笑着走向我来，手扶在我的藤椅背沿上。

"告诉你吧？"

"好爱人！"

"我妹妹待一会儿来。"

我的心从云中落在胸里。

"英来也值得这么乐，上星期六她还来过呢。还有别的典故，一定。"爱的笑语里时常有个小鬼，名字叫"疑"。

苓的脸，设若，又红起来，我的罪过便只限于爱闹着玩；她的脸上红色退了，我知道还是要阴天！

"你老不许人交朋友！"头一个闪。

"英还同着个人来？"我的雷也响了。

❶语言描写

苓的欢喜溢于言表，"东西"被叫做"东东"便是证明，"我"在这种时候格外敏锐。

❷夸张

"我"想知道妻子为什么高兴，但又担心弄不好，妻子便会哭起来，把世界变成冰海。

❶ 心理描写

"我"开始猜测是苓旧日的爱人要过来，并因为苓的欢喜而感到"吃醋"，为后文埋下伏笔。

❷ 心理描写

仅仅是"我"的一个猜测，"我"的心中便有了一堆的想法，甚至还想到了离婚，可见爱情的魔力之大。

"不理你，不理你啦！"是的，被我猜对了。

① 一个旧日的男朋友——看爱的情面，我没敢多往这点上想。但是，就假使是个旧日的——爽快的说出来吧——爱人，又有什么关系？没关系，一点关系没有！可是，她那么快乐？天阴得更沉了。

苓又坐在她的小黑椅子上了。又依着发音机关的方便创造着自然的歌，可是并不带分毫歌意。

她和我全不说话了，都心里制造着黑云；雷闪暂时休息，可是大雨快到了。谁也不肯再先放个休战的口号，两个人的战事，因为关系不大，所以更难调解。家庭里需要个小孩，其次是只小狗或小猫；不然，就是一对天使，老在一块儿，也得设法拌几句嘴，好给爱的音乐一点变化。决定去抱只小猫，我计划着；满可以不再生气了，但是"我"不能先投降；好吧，计划着抱只小猫：要全身雪白，短腿，长身，两个小耳朵就像两个小棉花阄儿。这个小白球一定会减少我们俩的小冲突。一定！可是，焉知不因这小白宝贝又发生新战事呢？② 离婚似乎比抱小白猫还简当，但这是发疯，就是离婚也不能由我提出！君子吗？君子似乎是没多大价值；看不起自己了；还是不能先向她投降；心中要笑；还是设计抱小猫吧！

英来了，暂时屈尊她作作小白猫吧。无论多么好的小姨子，遇到夫妻的冲突，哪怕小的冲突呢，她总是站在她们那边的。特别是定了婚的小姨，像英，因为正恋着自己的天字第一号的男性，不由的便挑剔出姐丈的毛病，以便给她那个人又增补上一些优点。可是我自有办法，我才不当着她们俩争论是非呢；我把苓交给英，便出去走走；她们背地里怎样谈论我，听不见心不烦，爱说什么说什么。这样，英便是小白猫了。

英刚到屋门，我的帽子已在手中，我不能不庆祝我的手急眼快，就是想作个大魔术家也不是全无希望的。况且，脸上那一堆笑纹，倒好像英是发笑药似的。

"出门吗,共产党?"英对我——从她有了固定的情人以后——是一点不带敬意的。

①"看个朋友去,坐着啊,晚上等我一块吃饭啊。"声音随着我的脚一同出了屋门,显着异常的缠绵幽默。

出了街门,我的速度减缩了许多,似乎又想回去了。为什么英独自来,而没同着那个人呢?是不是应当在街门外等等,看个水落石出?未免太小气了?焉知苓不是从门缝中窥看我呢?走吧,别闹笑话!偏偏看见个邮差,他的制服的颜色给我些酸感。

本来是不要去看朋友的;上哪儿去呢?走着瞧吧。街上不少女子,似乎今天街上没有什么男的。而且今天遇见的女子都非常的美艳,虽然没拿她们和苓比较,可是苓似乎在我心中已经没有很分明的一个丽像,像往常那样。由她们的美好便想到,我在她们的眼中到底是怎样的人物呢?由这个设想,心思的路线又折回到苓,她到底是佩服我呢,还是真爱我呢?佩服的爱是牺牲,无头脑的爱是真爱,苓的是哪种?借着百货店的玻璃照了照自己,也还看不出十分不得女子的心的地方。②英老管我叫共产党,也许我的胡子茬太重,也许因为我太好辩论?可是苓在结婚以前说过,她"就"是爱听我说话。也许现在她的耳朵与从前不同了?说不定。

该回去了,隔着铺户的窗子看看里面的钟,然后拿出自己的表,这样似乎既占了点便宜,又可以多销磨半分来的时间;不过只走了半点多钟。不好就回家,这么短的时间不像去看朋友;君子人总得把谎话作圆到了。

对面来了个人,好像特别挑选了我来问路;我脸上必定有点特别引人注意的地方,似乎值得自傲。

"到万字巷去是往那么走?"他向前指着。

"一点也不错,"笑着,总得把脸上那点特别引人注意的地方作足。

❶语言描写

虽然"我""吃醋"了,心中很是在意这件事情,但是"我"并没有表现出来,反而装着什么也没有发生的样子。

❷设问

"我"因为吃醋而开始胡思乱想,思考自己是不是不再吸引她,思考她是不是和以前不同了。

❶ 细节描写

"我"不希望这个男人和妻子与小姨子碰面，故意败坏妻子和小姨子的形象，见男子的反应是反感她们了，便觉得畅快。

❷ 比喻

听了"我"的话，男子心中对苓她们有了不好的印象，因此有些鄙夷起她们来，不想见她们了。

❸ 动作描写

苓没有告诉"我"真相，所以只能偷看"我"，而"我"也不愿意让苓知道"我"刚刚做的事，所以装作什么也没发生。

"凑巧您也许知道万字巷里可有一家姓李的，姊妹俩？"

脸上那点刚作足的特点又打了很大的折扣！"是这小子！"心里说。然后向他："可就是，我也在那儿住家。姊妹俩，怪好看，摩登，男朋友很多？"

那小子的脸上似乎没了日光。"呕"了几声。① 我心里比吃酸辣汤还要痛快，手心上居然见了汗。

"您能不能替我给她们捎个信？"

"不费事，正顺手。"

"您大概常和她们见面？"

"岂敢，天天看见她们；好出风头，她们。"笑着我自己的那个"岂敢"。

"原先她们并不住在万字巷，记得我给她们一封信，写的不是万字巷，是什么街？"

"大佛寺街，谁都知道她们的历史，她们搬家都在报纸本地新闻栏里登三号字。"

② "呕！"他这个"呕"有点像牛闭住了气。"那么，请您就给捎个口信吧，告诉她们我不再想见她们了——"

"正好！"我心里说。

"我不必告诉您我的姓名，您一提我的样子她们自会明白。谢谢！"

"好说！我一定把信带到！"我伸出手和他握了握。

那小子带着五百多斤的怒气向后转。我往家里走——不是走，是飞。

到了家中。胜利使我把嫉妒从心里铲净，只是快乐，乐得几乎错吻小姨。但是街上那一幕还在心中消化着，暂且闷她们一会儿。

"他怎还不来？"英低声问苓。

我假装没听见。心里说，"他不想再见你们！"

③ 苓在屋中转开了磨，时时用眼偷着撩我一下；我假装写信。

"你告诉他是这里,不是——"苓低声的问。

"是这里,"英似乎也很关切,"我怕他去见伯母,所以写信说咱俩都住在这里。也没告诉他你已结了婚。"

我心中笑得起了泡。

"你始终也没看见他?"

"你知道他最怕妇女,尤其是怕见结过婚的妇女。"我的耳朵似乎要惊。

①"他一晃儿走了八年了,一听说他来我直欢喜得像个小鸟,"苓说。

❶比喻

将自己比作小鸟,可见苓心中的快乐和激动,她非常希望见到自己久别的表哥。

我憋不住了"谁?"

"我们舅舅家的大哥!由家里逃走八年了!他待一会儿也许就来,他来的时候你可得藏起去,他最不喜欢见亲戚!"

"为什么早不告诉我?"我的声音有点发颤。

"你不是看朋友去了吗?谁知道你这么快就回来。我要明明白白的告诉你,你光景是不会相信么;臭男人们,脏心眼多着呢!"

她们的表哥始终没来。

(原载于1933年1月1日《文艺月刊》第3卷第7期)

"我"因为妻子的欢喜起了疑心,又因为她和小姨子的对话产生了误会,因此吃起醋来,故意在街上骗走了男子,却没想到他竟然是妻子的表哥,令人啼笑皆非。

延伸思考

1. 苓为什么这么高兴?
2. "我"误会了什么?
3. "我"为什么要骗走那个男子?

相关链接

在作者的笔下,爱情是多么美好,"我"因为爱而"吃醋"的样子也显得格外可爱。这篇文章情节曲折多变,结尾更是出人意料,故事的结尾戛然而止,给读者留下了想象的空间。

同　盟

名师导读

　　子敬和天一是对同盟，两人都喜欢玉春，便设计先让另一个追求玉春的人——小李出局，然后再公平竞争，却没想到事与愿违，玉春更喜欢小李，而他们也有了新的喜欢的人——秀珍，但是……

　　"男子即使没别的好处，胆量总比女人大一些。"天一对爱人说，因为她把男人看得不值半个小钱。

　　"哼！"她的鼻子里响了声，天一的话只值得用鼻子回答。

　　① "天一虽然没胆量，可是他的话说得不错；男子，至少是多数的男子，比你们女人胆儿大。天一，你很怕鬼，是不是？我就不管什么鬼不鬼，专好走黑路！"子敬对爱人说，拿天一作了她所看不起的男子的代表。

　　"哼！"她的鼻子里响了一声，把子敬和天一全看得不值半个小钱。

　　他们俩都以她为爱人，写信的时候都称她为"我的粉红翅的安琪儿"。可是她——玉春——高兴的时候才给他们一个"哼"。

　　看见子敬也挨了一哼，天一的心差点乐碎了："我怕鬼；

❶语言描写
　　子敬觉得天一的话有道理，但又不愿让他占了风头，故意说天一胆小，自己则大胆得很。

❶对话描写
子敬和天一都不愿在喜欢的女子面前丢了脸面，便纷纷揭对方的老底，希望对方丢脸。

❷排比
子敬和天一听到玉春的话后，一起出去了，四个"一齐"突出了他们动作的一致性，暗示了他们的关系并非真的那么不好。

也不是谁，那天电灯忽然灭了，吓得登时钻了被窝？"

"对了，也不是谁，那天看见一个老鼠，嘴唇都吓白了？"子敬也发了问。

①"也不是谁，那天床上有个鸡毛，吓得直叫唤？"

"也不是谁，那天——"

玉春没等子敬说出男子胆大的证据，发了命令："都给我出去！"

②二位先生立刻觉出服从是必要的，一齐微笑，一齐立起，一齐鞠躬，一齐出去。

出了她的屋门，二位立刻由情敌改为朋友。

"子敬，还得回去，圆上脸面。"天一说："咱俩一齐上她的屋顶，表示男子登梯爬高也不眼晕？"

"万一要真眼晕，从房上滚下来呢，岂不是当场出丑？"子敬不赞成。

"再说，咱们的新洋服也六十多块一身呢；爬一身土？不！"天一看了看自己的裤缝比子敬的直些，更不愿上房了。"你说怎么办？"

"咱们俩三天不去找她，"子敬建议："到第三天晚上，你我前后脚到她那里去，假装咱们俩也三天没见面了，咱们一见面，你就问我：子敬，老没见呀，上哪儿啦？我就造一片谣言，说什么表嫂被鬼迷住了，我去给赶鬼。然后我就问你；天一，老没见呀，上哪儿啦？你就造一片谣言，说家里闹狐狸精，盆碗大酒坛子满屋里飞，你回家去捉妖。这个主意怎样？"

"不错，可也不十分高明，"天一取了批评的态度说："第一，我三天不去，你要是偷偷的去了呢？不公道！"

"一言为定，谁也不准私自去。咱们俩讲究联合起来，公开的，和她求爱；看到底谁能得胜，这才叫难能可贵！谁要是背地里加油，谁就不算人！"子敬带着热情声明。

"好了；第二，咱们造谣，她可得信哪？"天一问。

"这里还有文章，"子敬非常的得意："我刚才说什么时候去找她？晚上。为什么要在晚上？女人在晚上胆子更小。你我拚命的说鬼，小眼鬼，大眼鬼，牛头鬼，歪脖鬼，越多越好，越厉害越好，你说，她得害怕不？她一害怕，咱俩就告辞，她还不央告咱们多坐一会儿？这，她已经算输了。咱们乐得多坐一会儿，可是不要再提半个鬼字。①然后，你或者我，立起来说：唉！忘了，还得出城呢！好在路上只经过五六块坟地，不算什么；有鬼也打它个粉碎！你或是我这么说完就走。然后剩下的那位也立起来，也说些什么到亲戚家去守尸那类的话，也就出来。谁先走谁在巷口上等，咱们好一块儿回来。"

"她相信吗？"

"管她信不信呢，"子敬笑了："反正半夜里独自走道，女人就来不及。就是她不信咱们去打鬼守尸，她也得佩服咱们敢在半夜里独行。"

"对！现在要说第三，咱们三天不去，岂不是给小李个好机会？你难道不知道她给小李的哼声比给咱们的柔和着一半？"

"这——"子敬确是要思索会儿了；想了半天，有了主意："你要晓得，天一，在爱情的进程里须有柔有刚，忽近忽远；一味的缠磨，有时适足惹起厌恶，因为你老不给她想念你的机会，她自然对你不敬。②反之，在相当的时节给她个休息三天，你看吧，她再见你的时候，管保另眼看待，就好像三个星期没看电影以后，连破片子也觉得有趣。咱们三天不去，而小李天天去，正可以减少他的价值，而增高我们的身份。咱们先约好，你给她买水果，我买鲜花；而且要理发刮脸，穿新洋服，这一下子要不把小李打退十里才怪！"

"有理！"天一十分佩服子敬。

"这只是一端，还有花样呢，"子敬似乎说开了头，话是源源而来。"咱们还可以当面和小李挑战，假如他也在那儿的话——我想咱们必定遇上他。咱们就可以老声老气的问他：小李，

❶语言描写
子敬故意说起坟地，好到时候在玉春面前显示出自己和天一的勇敢和胆大，好让玉春更欣赏他们。

❷对比
子敬觉得小李天天去，而自己三天不去，等玉春再见到自己时就会充满新鲜感。

不跟我到王家坟绕个弯？或是，小李，跟我去守尸吧？他一定说不去；在她面前，咱们又压过他一头。"

天一插嘴："他要是不输气，真和咱们去，咱们岂不漏了底？"

"没那回事！他干什么没事发疯去半夜绕坟地玩呀，他正乐得我们出去；他好多坐一会儿——可是适足以增加她的厌恶心。他又不认识咱们的亲戚，他去守哪门子尸呀；当然说不去。只要他一说不去，咱们就算战胜，因为女子的心细极了，她总要把爱人们全丝毫不苟的称量过，然后她挑选个最合适的——最合适的，并非是最好的，你要晓得。你看，小李的长相，无须说，是比咱俩漂亮些。"

① "哼！"天一差点把鼻子弄成三个鼻孔。

"可是，漂亮不是一切。假如个个女子'能'嫁梅博士，不见得个个就'愿'嫁他。小李漂亮及格，而无胆量，便不是最合适的；女子不喜欢女性的男人；除非是林黛玉那样的痨病鬼，才会爱那个傻公子宝玉，可是就连宝玉也到底比黛玉强健些，是不是？看吧，我的计划决弄不出错儿来！等把小李打倒，那便要看你我见个高低了。"子敬笑了。

天一看了看自己的拳头，并不比子敬的大，微觉失意。

小李果然是在她那里呢。

子敬先到，献上一束带露水的紫玫瑰。

她给他一个小指叫他挨了一挨，可是没哼。他的脸比小李的多着二两雪花膏。

天一次到，献上一筐包纸印洋字的英国罐形梨。

她给他一个小指叫他挨了一挨，可是没哼。他的头发比小李的亮得多着二十烛光。

② "喝，小李，"二人一齐唱："领带该换了！"

她的眼光在小李的项下一扫。二人心中痒了一下。

"天一，老没见哪？别太用功了；得个学士就够了，何必

---

❶ 语言描写

听到子敬说他们的竞争对手小李的长相比自己漂亮，天一很是不服气，还带着些嫉妒。

❷ 语言描写

两人故意这么说，是为了贬低小李，让玉春看到小李的缺点，这样他们得到玉春芳心的机会就大了。

非考留洋不可呢？"子敬独唱。

"不是；不用提了！"天一叹了口气："家里闹狐狸。"

"哟！"子敬的脸落下一寸。

"家里闹狐狸还往这儿跑干吗？"玉春说："别往下说，不爱听！"

天一的头一炮没响，心中乱了营。

"大概是闹完了？"子敬给他个台阶："别说了，怪叫人害怕！我倒不怕；小李你呢？"

"晚上不大爱听可怕的事，"小李回答。

子敬看了天一一眼。

"子敬，老没见哪？"天一背书似的问："上哪儿去？"

"也是可怕的事，所以不便说，怕小李害怕；表哥家里闹大头鬼，我——"

① 玉春把耳朵用手指堵上。

"呕，对不起！不说就是了。"子敬很快活的道歉。

小李站起来要走。

"咱们也走吧？"天一探探子敬的口气。

"你上哪儿？"子敬问。

"二舅过去了，得去守尸，家里还就是我有点胆子。你呢？"

"我还得出城呢，好在只过五六块坟地，遇上一个半个吊死鬼也还没什么。"子敬转问小李，"不出城和我绕个弯去？坟地上冒绿火，很有个意思。"

小李摇了摇头。

天一和小李先走了，临走的时候天一问小李愿意陪他守尸去不？小李又摇了摇头。

剩下子敬和玉春。

"小李都好，"他笑着说，"就是胆量太小，没有男子气。请原谅我，按说不应当背后讲究人，都是好朋友。"

"他的胆子不大，"她承认了。

❶ 动作描写

玉春听到子敬的话，堵上了耳朵，因为她知道子敬和小李的话是假的，不愿意听。

❶ 语言描写

玉春用委婉的语句揭穿了子敬和天一的谎言，暗示她对二人行为的不满。

❷ 语言描写

从玉春的话里可以看出，她更喜欢小李，她不愿他们吓唬小李，也不愿意天一和子敬说小李的坏话。

❸ 语言描写

天一和子敬不再痴迷玉春，以前玉春的可爱之处在他们眼里便成了各种不好。

"一个男人没有胆气可不大好办，"子敬叹惜着。

①"一个男人要是不诚实，假充胆大，就更不好办。"她看着天花板说。

子敬胸中一恶心。

"请你告诉天一以后少来，我不愿意吃他的果子，更不愿意听闹狐狸！"

"一定告诉他：以后再来，我不约着他就是了。"

②"你也少来，不愿意什么大头鬼小头鬼的吓着我的小李。小李的领带也用不着你提醒他换；我是干什么的？再说，长得俊也不在乎修饰；我就不爱看男人的头发亮得像电灯泡。"

天一一清早就去找子敬，心中觉得昨晚的经过确是战胜了小李——当着她承认了胆小。

子敬没在宿舍，因为入了医院。

子敬在医院里比不在医院里的人还健美，脸上红扑扑的好像老是刚吃过一杯白兰地。可是他要住医院——希望玉春来看他。假如她拿着一束鲜花来看他，那便足以说明她还是有意，而他还大有希望。

她压根儿没来！

于是他就很喜欢：她不来，正好。因为他的心已经寄放在另一地方。

天一来看他，带来一束鲜花，一筐水果，一套武侠爱情小说。到底是好朋友，子敬非常感谢天一；可是不愿意天一常来，因天一头一次来看朋友，眼睛就专看那个小看护妇，似乎不大觉得子敬是他所要的人。而子敬的心现在正是寄放在小看护妇的身上，所以既不以玉春无情为可恼，反觉得天一的探病为多事。不过，看在鲜花水果的面上，还不好意思不和天一瞎扯一番。

③"不用叫玉春臭抖，我才有工夫给她再送鲜花呢！"子敬决定把玉春打入冷宫。

"她的鼻子也不美！"天一也觉出她的缺点。

"就会哼人,好像长鼻子不为吸气,只为哼气的!"

"那还不提,鼻子上还有一排黑雀斑呢!就仗着粉厚,不然的话,那只鼻子还不像个斑竹短烟嘴?"

"扇风耳朵!"

"故意的用头发盖住,假装不扇风!"

"上嘴唇多么厚!"

"下嘴唇也不薄,两片夹馅的鸡蛋糕,白叫我吻也不干!"

"高领子专为掩盖着一脖子泥!"

"小短手就会接人家的礼物!"

① 粉红翅的安琪儿变成一个小钱不值。

天一舍不得走;子敬假装要吃药,为是把天一支出去。二人心中的安琪儿现在不是粉红翅的了,而是像个玉蝴蝶:白帽,白衣,白小鞋,耳朵不扇风,鼻子不像斑竹烟嘴,嘴唇不像两片鸡蛋糕,脖子上没泥,而且胳臂在外面露着,像一对温泉出的藕棒,又鲜又白又香甜。这还不过是消极的比证;② 积极的美点正是非常的多:全身没有一处不活泼,不漂亮,不温柔,不洁净。先笑后说话,一嘴的长形小珍珠。按着你的头闭上了眼,任你参观,她是只顾测你的温度。然后,小白手指轻动,像蟋蟀的须儿似的,在小白本上写几个字。你碰她的鲜藕棒一下,不但不恼,反倒一笑。捧着药碗送到你的唇边。对着你的脸问你还要什么。子敬不想再出院,天一打算也赶紧搬进来,预防长盲肠炎。好在没病住院,自要纳费,谁也不把你撵出去。

子敬的鲜花与水果已经没地方放。因为天一有时候一天来三次;拿子敬当幌子,专为看她。子敬在院内把看护所应作的和帮助作的都尝试过,打清血针,照爱克司光,洗肠子;越觉得她可爱;老是那么温和,干净,快活。天一在院外把看护的历史族系住址籍贯全打听明白,越觉得她可爱:虽够不上大家闺秀,可也不失之为良家碧玉。子敬打算约她去看电影,苦于无法出口——病人出去看电影似乎不成一句话。天一打算请她

❶ 对比

之前还说玉春是"粉红翅的安琪儿",现在却成了"一个小钱不值",说明他们对玉春的爱已经转移了。

❷ 比喻

在他们眼中,看护显得格外迷人可爱,没有一处不好,连牙齿都像珍珠一样。

吃饭，在医院外边每每等候半点多钟，一回没有碰到她。

"天一，"子敬最后发了言："世界上最难堪的是什么？"

"据我看是没病住医院。"天一也来得厉害。

"不对。是一个人发现了爱的花，而别人老在里面捣乱！"

"你是不喜欢我来？"

"一点不错；我的水果已够开个小铺子的了，你也该休息几天吧。"

"好啦，明天不再买果子就是，来还是要来的。假如你不愿意见我的话，我可以专来找她；也许约她出去走一走，没准！"

天一把子敬拿下马来了。子敬假笑着说。

"来就是了，何必多心呢！也许咱们是生就了的一对朋友兼情敌。"

"这么说，你是看上了小秀珍？"天一诈子敬一下。

"要不然怎会把她的名字都打听出来！"子敬也不示弱。

"那也是个本事！"天一决定一句不让。

"到底不如叫她握着胳臂给打清血针。你看，天一，这只小手按着这儿，那只小手嗞——打得浑身发麻！"

天一馋得直咽唾沫，非常的恨恶子敬；要不是看他是病人，非打他一顿不可，把清血药汁全打出来！

❶比喻

把天一的脸比作大肚坛子，可见天一现在十分生气。

① 天一的脸气得像大肚坛子似的走了，决定明天再来。

天一又来了。子敬热烈的欢迎他。

"天一，昨天我不是说咱俩天生是好朋友一对？真的！咱们还得合作。"

"又出了事故？"天一惊喜各半的问。

"你过来，"子敬把声音低降得无可再低，"昨天晚上我看见给我治病的那个小医生吻她来着！"

"喝！"天一的脸登时红起来。"那怎么办呢？"

"还是得联合战线，先战败小医生再讲。"

"又得设计？老实不客气的说，对于设计我有点寒心，上次——"

"不用提上次，那是个教训，有上次的经验，这回咱们确有把握。上次咱们的失败在哪儿？"

"不诚实，假充大胆。"

"是呀。来，递给我耳朵。"以下全是嘀咕嘀咕。

秀珍七点半来送药——一杯开水，半片阿司匹灵。天一七点二十五分来到。

秀珍笑着和天一握手，又热又有力气。子敬看着眼馋，也和她握手，她还是笑着。

"天一，你的气色可不好，怎么啦？"子敬很关心的问。

"子敬，你的胆量怎样？假如胆小的话，我就不便说了。"

"我？为人总得诚实，我的胆子不大。可是，咱们都在这儿，还怕什么？说吧！"

①"你知道，我也是胆小——总得说实话。你记得我的表哥？西医，很漂亮——"

"我记得他，大眼睛，可不是，当西医；他怎么啦？"

"不用提啦！"天一叹了一口气："把我表嫂给杀了！"

"哟！"子敬向秀珍张着嘴。

"他不是西医吗，好，半夜三更撒吃症，用小刀把表嫂给解剖了！"天一的嘴唇都白了。

"要不怎么说，姑娘千万别嫁给医生呢！"子敬对秀珍说："解剖有瘾，不定哪时一高兴便把太太作了试验，不是玩的！"

"我可怕死了！"天一直哆嗦："大解八块，喝，我的天爷！秀珍女士，原谅我，大晚上的说这么可怕的事！"

"我才不怕呢，"②秀珍轻慢的笑着："常看死人。我们当看护的没有别的好处，就是在死人前面觉到了比常人有胆量，尸不怕，血不怕；除了医生就得属我们了。因此，我们就是看得起医生！"

"可是，医生作梦把太太解剖了呢？"天一问。

❶设置悬念
天一故意承认自己胆子小，借机引出表哥的事情。其目的是为了拆散医生和看护。

❷语言描写
秀珍作为看护，每天看惯了鲜血、尸体，天一的话并没有让她害怕，她也借机表明了自己对医生的好感。

"那只是因为太太不是看护。假如我是医生的太太,天天晚上给他点小药吃,消食化水,不会作噩梦。"

"秀珍!"小医生在门外叫:"什么时候下班哪?我楼下等你。"

"这就完事;你进来,听听这件奇事。"秀珍把医生叫了进来,"一位大夫在梦中把太太解剖了。"

"那不足为奇!①看护妇作梦把丈夫毒死当死尸看着,常有的事。胆小的人就是别娶看护妇,她一看不起他,不定几时就把他毒死,为是练习看守死尸。就是不毒死他,也得天天打他一顿。胆小的男人,胆大的女人,弄不到一块!走啊,秀珍,看电影去!"

"再见——"秀珍拉着长声,手拉手和小医生走出去。

子敬出了院。

天一来看他。"干什么玩呢,子敬?"

"读点妇女心理,有趣味的小书!"子敬依然乐观。

"子敬,你不是好朋友,独自念妇女心理!"

"没的事!来,咱们一块儿念。念完这本小书,你看吧,一来一个准!就怕一样——四角恋爱。咱们就怕四角恋爱。上两回咱们都输了。"

"顶好由第三章,'三角恋爱'念起。"

"好吧。大概几时咱俩由同盟改为敌手,几时才真有点希望,是不是?"

"也许。"

(原载于1933年3月1日《文艺月刊》第3卷第9期)

---

❶ 语言描写

医生知道天一是故意这么说的,便反过来吓唬他们,并隐晦地点出:天一的胆子太小,不适合和秀珍在一起,自己更适合。

精华赏析

天一和子敬先是一起喜欢上了玉春，后又一起喜欢上了秀珍。为了把其他的竞争者先剔除，他们用了小计谋，但是都没有成功，反而促进了别人的感情。这两个好朋友在爱情上显得笨拙而可爱，爱情的迷人处也正在于此吧。

延伸思考

1. 玉春是个什么样的姑娘？
2. 子敬和天一为什么要说去守坟、家里有狐仙之类的话？
3. 秀珍听了天一讲的事后为什么不害怕？

相关链接

爱情需要诚实，用谎言是得不到真正的爱情的。如果真的喜欢一个人，那么便要能接受对方的缺点，千方百计地维护他。但假若不再爱这个人，这个人便满是缺点了。有时爱情就是这么前后矛盾的。

马裤先生

名师导读

在火车上,"我"遇到了一个穿着马裤的男士,他看上去很和气,却对茶房颐指气使,使同车的人不胜其扰。

❶ 外貌描写

开头详细描写了"我"在坐火车的时候遇到的一位先生,他的服装搭配有些不伦不类。

❶火车在北平东站还没开,同屋那位睡上铺的穿马裤,戴平光的眼镜,青缎子洋服上身,胸袋插着小楷羊毫,足登青绒快靴的先生发了问:"你也是从北平上车?"很和气的。

我倒有点迷了头,火车还没动呢,不从北平上车,难道由——由哪儿呢?我只好反攻了:"你从哪儿上车?"很和气的。我希望他说是由汉口或绥远上车,因为果然如此,那么中国火车一定已经是无轨的,可以随便走走;那多么自由!

他没言语。看了看铺位,用尽全身——假如不是全生——的力气喊了声,"茶房!"

茶房正忙着给客人搬东西,找铺位。可是听见这么紧急的一声喊,就是有天大的事也得放下,茶房跑来了。

"拿毯子!"马裤先生喊。

"请少待一会儿,先生,"茶房很和气的说,"一开车,马上就给您铺好。"

马裤先生用食指挖了鼻孔一下,别无动作。

茶房刚走开两步。

"茶房!"这次连火车好似都震得直动。

① 茶房像旋风似的转过身来。

"拿枕头,"马裤先生大概是已经承认毯子可以迟一下,可是枕头总该先拿来。

"先生,请等一等,您等我忙过这会儿去,毯子和枕头就一齐全到。"茶房说的很快,可依然是很和气。

茶房看马裤客人没任何表示,刚转过身去要走,这次火车确是哗啦了半天,"茶房!"

茶房差点吓了个跟头,赶紧转回身来。

"拿茶!"

"先生,请略微等一等,一开车茶水就来。"

马裤先生没任何的表示。茶房故意的笑了笑,表示歉意。然后搭讪着慢慢的转身,以免快转又吓个跟头。② 转好了身,腿刚预备好快走,背后打了个霹雳,"茶房!"

茶房不是假装没听见,便是耳朵已经震聋,竟自没回头,一直的快步走开。

"茶房!茶房!茶房!"马裤先生连喊,一声比一声高:站台上送客的跑过一群来,以为车上失了火,要不然便是出了人命。茶房始终没回头。马裤先生又挖了鼻孔一下,坐在我的床上。刚坐下,"茶房!"茶房还是没来。看着自己的磕膝,脸往下沉,沉到最长的限度,手指一挖鼻孔,脸好似刷的一下又纵回去了。然后,"你坐二等?"这是问我呢。我又毛了,我确是买的二等,难道上错了车?

"你呢?"我问。

"二等。这是二等。二等有卧铺。快开车了吧?茶房!"

---

❶ 比喻

"像旋风似的"可以看出茶房的动作很快,他以为这位先生有要紧的事情要吩咐自己。

❷ 比喻、夸张

把马裤先生叫唤的声音比作霹雳,可见声音的巨大,以及他对茶房的不尊重,动不动就大声叫唤。

我拿起报纸来。

他站起来，数他自己的行李，一共八件，全堆在另一卧铺上——两个上铺都被他占了。数了两次，又说了话，"你的行李呢？"

我没言语。原来我误会了：他是善意，因为他跟着说，"可恶的茶房，怎么不给你搬行李？"

我非说话不可了："我没有行李。"

"呕？！"他确是吓了一跳，好像坐车不带行李是大逆不道似的。"早知道，我那四只皮箱也可以不打行李票了！"

这回该轮着我了，①"呕？！"我心里说，"幸而是如此，不然的话，把四只皮箱也搬进来，还有睡觉的地方啊？！"

我对面的铺位也来了客人，他也没有行李，除了手中提着个扁皮夹。

"呕？！"马裤先生又出了声，"早知道你们都没行李，那口棺材也可以不另起票了！"

我决定了。下次旅行一定带行李；真要陪着棺材睡一夜，谁受得了！

茶房从门前走过。

"茶房！拿毛巾把！"

"等等，"茶房似乎下了抵抗的决心。

②马裤先生把领带解开，摘下领子来，分别挂在铁钩上：所有的钩子都被占了，他的帽子，大衣，已占了两个。

车开了，他登时想起买报，"茶房！"

茶房没有来。我把我的报赠给他；我的耳鼓出的主意。

他爬上了上铺，在我的头上脱靴子，并且击打靴底上的土。枕着个手提箱，用我的报纸盖上脸，车还没到永定门，他睡着了。

我心中安坦了许多。

到了丰台，车还没站住，上面出了声，"茶房！"

没等茶房答应，他又睡着了；大概这次是梦话。

---

❶心理描写

"我"听到马裤先生的话后暗自庆幸，从侧面写出了马裤先生爱占小便宜，不为他人考虑的性格。

❷动作描写

马裤先生的领带、领子、帽子、大衣占了所有的钩子，可见他的自私。

过了丰台，茶房拿来两壶热茶。我和对面的客人——一位四十来岁平平无奇的人，脸上的肉还可观——吃茶闲扯。大概还没到廊坊，上面又打了雷，"茶房！"

①茶房来了，眉毛拧得好像要把谁吃了才痛快。

"干吗？先——生——"

"拿茶！"上面的雷声响亮。

"这不是两壶？"茶房指着小桌说。

"上边另要一壶！"

"好吧！"茶房退出去。

"茶房！"

茶房的眉毛拧得直往下落毛。

"不要茶，要一壶开水！"

"好啦！"

"茶房！"

我直怕茶房的眉毛脱净！

"拿毯子，拿枕头，打手巾把，拿——"似乎没想起拿什么好。

"先生，您等一等。天津还上客人呢；过了天津我们一总收拾，也耽误不了您睡觉！"茶房一气说完，扭头就走，好像永远不再想回来。

待了会儿，开水到了，马裤先生又入了梦乡，呼声只比"茶房"小一点。②可是匀调而且是继续的努力，有时呼声稍低一点，用咬牙来补上。

"开水，先生！"

"茶房！"

"就在这哪；开水！"

"拿手纸！"

"厕所里有。"

"茶房！厕所在哪边？"

❶神态描写

茶房的态度从一开始的友好变成了不乐意，听到马裤先生的叫唤他就觉得心烦，可见马裤先生多么招人烦。

❷叙述

马裤先生不仅叫唤茶房时的嗓门大，睡觉的呼声也大，还咬牙，令人不堪其扰。

"哪边都有。"

"茶房！"

"回头见。"

"茶房！茶房！！茶房！！！"

没有应声。

"呼——呼呼——呼"又睡了。

有趣！

❶ 动作描写

马裤先生喝水是对着壶嘴的，穿上靴子后又用食指挖鼻孔，可见他很不讲卫生。在"我"头上击打靴底更是不尊重别人。

① 到了天津。又上来些旅客。马裤先生醒了，对着壶嘴喝了一气水。又在我头上击打靴底。穿上靴子，出溜下来，食指挖了鼻孔一下，看了看外面。"茶房！"

恰巧茶房在门前经过。

"拿毯子！"

"毯子就来。"

马裤先生出去，呆呆的立在走廊中间，专为阻碍来往的旅客与脚夫。忽然用力挖了鼻孔一下，走了。下了车，看看梨，没买；看看报，没买；看看脚行的号衣，更没作用。又上来了，向我招呼了声，"天津，嗳？"我没言语。他向自己说，"问问茶房，"紧跟着一个雷，"茶房！"我后悔了，赶紧的说，"是天津，没错儿。"

"总得问问茶房；茶房！"

我笑了，没法再忍住。

车好容易又从天津开走。

刚一开车，茶房给马裤先生拿来头一份毯子枕头和手巾把。马裤先生用手巾把耳孔鼻孔全钻得到家，这一把手巾擦了至少有一刻钟，最后用手巾擦了擦手提箱上的土。

❷ 列数字

只是短短的十来分钟，马裤先生就喊了四五十声茶房，可见他的烦人，什么事情都要使唤茶房。

② 我给他数着，从老站到总站的十来分钟之间，他又喊了四五十声茶房。茶房只来了一次，他的问题是火车向哪面走呢？茶房的回答是不知道；于是又引起他的建议，车上总该有人知道，茶房应当负责去问。茶房说，连驶车的也不晓得东西南北。

于是他几乎变了颜色,万一车走迷了路?!茶房没再回答,可是又掉了几根眉毛。

他又睡了,这次是在头上摔了摔袜子,可是一口痰并没往下唾,而是照顾了车顶。

① 我睡不着是当然的,我早已看清,除非有一对"避呼耳套"当然不能睡着。可怜的是别屋的人,他们并没预备来熬夜,可是在这种带钩的呼声下,还只好是白瞪眼一夜。

我的目的地是德州,天将亮就到了。谢天谢地!

车在此处停半点钟,我雇好车,进了城,还清清楚楚的听见"茶房!"

一个多礼拜了,我还惦记着茶房的眉毛呢。

(原载于1933年5月5日《青年界》第3卷第3号)

❶侧面描写

马裤先生睡得很香,可是"我"却因为他的呼声根本睡不着,别屋的人也没办法睡,从侧面写出了马裤先生的扰人。

精华赏析

文章叙述了一个幽默的小故事,描述了在火车上,和"我"同屋的马裤先生的种种行为,突显了他的自私自利、市侩、庸俗的形象,以及自身没什么本事,却在火车上拿一个茶房来作威作福的丑恶嘴脸。

延伸思考

1. 开头为什么要描写马裤先生的穿着?
2. 茶房对马裤先生是什么态度?
3. 马裤先生是一个什么样的人?

相关链接

　　这篇文章中的马裤先生是一个讨人嫌的市侩形象，老舍先生写这篇文章是为了嘲讽那些趋新的市井人物，看起来很是时髦，实际上却不伦不类，言行举止更是恶劣不堪。

开市大吉

名师导读

一群江湖骗子，竟然开了一家医院来赚钱，真是有趣极了，来看看他们都会耍些什么花招吧！

① 我，老王，和老邱，凑了点钱，开了个小医院。老王的夫人作护士主任，她本是由看护而高升为医生太太的。老邱的岳父是庶务兼会计。我和老王是这么打算好，假如老丈人报花账或是携款潜逃的话，我们俩就揍老邱；合着老邱是老丈人的保证金。我和老王是一党，老邱是我们后约的，我们俩总得防备他一下。办什么事，不拘多少人，总得分个党派，留个心眼。不然，看着便不大像回事儿。加上王太太，我们是三个打一个，假如必须打老邱的话。老丈人自然是帮助老邱喽，可是他年岁大了，有王太太一个人就可把他的胡子扯净了。老邱的本事可真是不错，不说屈心的话。他是专门割痔疮，手术非常的漂亮，所以请他合作。不过他要是找揍的话，我们也不便太厚道了。

我治内科，老王花柳，老邱专门痔漏兼外科，王太太是看护士主任兼产科，合着我们一共有四科。我们内科，老老实实

❶ 开门见山
文章开头就先声夺人，用一句话概括了出了故事背景，引出了下文的具体内容。第一人称显得更加亲切。

❶叙述

"我"要是有太太，有了孩子绝对不让王太太接生，可见她的水平不怎么样，这样的水平竟然还要开产科，可见荒谬。

❷引用

作者引用"我们"所设计的广告语，对"我们"的贪婪无耻进行了嘲讽。

的讲，是地道二五八。一分钱一分货，我们的内科收费可少呢。要敲是敲花柳与痔疮，老王和老邱是我们的希望。我和王太太不过是配搭，她就根本不是大夫，对于生产的经验她有一些，因为她自己生过两个小孩。①至于接生的手术，反正我有太太决不叫她接生。可是我们得设产科，产科是最有利的。只要顺顺当当的产下来，至少也得住十天半月的；稀粥烂饭的对付着，住一天拿一天的钱。要是不顺顺当当的生产呢，那看事作事，临时再想主意。活人还能叫尿憋死？

我们开了张。"大众医院"四个字在大小报纸已登了一个半月。名字起的好——办什么赚钱的事儿，在这个年月，就是别忘了"大众"。不赚大众的钱，赚谁的？这不是真情实理吗？自然在广告上我们没这么说，因为大众不爱听实话的；②我们说的是："为大众而牺牲，为同胞谋幸福。一切科学化，一切平民化，沟通中西医术，打破阶级思想。"真花了不少广告费，本钱是得下一些的。把大众招来以后，再慢慢收拾他们。专就广告上看，谁也不知道我们的医院有多么大。院图是三层大楼，那是借用近邻转运公司的相片，我们一共只有六间平房。

我们开张了。门诊施诊一个星期，人来的不少，还真是"大众"，我挑着那稍像点样子的都给了点各色的苏打水，不管害的是什么病。这样，延迟过一星期好正式收费呀；那真正老号的大众就干脆连苏打水也不给，我告诉他们回家洗洗脸再来，一脸的滋泥，吃药也是白搭。

忙了一天，晚上我们开了紧急会议，专替大众不行啊，得设法找"二众"。我们都后悔了，不该叫"大众医院"。有大众而没贵族，由哪儿发财去？医院不是煤油公司啊，早知道还不如干脆叫"贵族医院"呢。老邱把刀子沾了多少回消毒水，一个割痔疮的也没来！长痔疮的阔老谁能上"大众医院"来割？

老王出了主意：明天包一辆能驶的汽车，我们轮流的跑几趟，把二姥姥接来也好，把三舅母装来也行。一到门口看护赶紧往里搋，接上这么三四十趟，四邻的人们当然得佩服我们。

我们都很佩服老王。

"再赁几辆不能驶的，"老王接着说。

"干吗？"我问。

"和汽车行商量借给咱们几辆正在修理的车，在医院门口放一天。①一会儿叫咕嘟一阵。上咱们这儿看病的人老听外面咕嘟咕嘟的响，不知道咱们又来了多少坐汽车的。外面的人呢，老看着咱们的门口有一队汽车，还不唬住？"

我们照计而行，第二天把亲戚们接了来，给他们碗茶喝，又给送走。两个女看护是见一个搋一个，出来进去，一天没住脚。那几辆不能活动而能咕嘟的车由一天亮就运来了，五分钟一阵，轮流的咕嘟，刚一出太阳就围上一群小孩。我们给汽车队照了个像，托人给登晚报。老邱的丈人作了篇八股，形容汽车往来的盛况。当天晚上我们都没能吃饭，车咕嘟得太厉害了，大家都有点头晕。

不能不佩服老王，第三天刚一开门，汽车，进来位军官。老王急于出去迎接，忘了屋门是那么矮，头上碰了个大包。②花柳；老王顾不得头上的包了，脸笑得一朵玫瑰似的，似乎再碰它七八个包也没大关系。三言五语，卖了一针六〇六。我们的两位女看护给军官解开制服，然后四只白手扶着他的胳臂，王太太过来先用小胖食指在针穴轻轻点了两下，然后老王才给用针。军官不知道东西南北了，看着看护一个劲儿说："得劲！得劲！得劲！"我在旁边说了话，再给他一针。老邱也是福至心灵，早预备好了——香片茶加了点盐。老王叫看护扶着军官的胳臂，王太太又过来用小胖食指点了点，一针香片下去了。军官还说得劲，老王这回是自动的又给了他一针龙井。我们的医院里吃茶是讲究的，老是香片龙井两着沏。两针茶，一针六〇六，我们收了他二十五块钱。本来应当是十元一针，因为三针，减收五元。我们告诉他还得接着来，有十次管保除根。

❶叙述

为了让家境好的人过来看病，老王竟然想出了这么个歪主意，可见"我们"开医院就是为了骗钱。

❷比喻

病人得了花柳病，老王竟然笑得脸跟玫瑰花似的，可见他根本没有医德，为了钱财什么都不顾了。

反正我们有的是茶，我心里说。

把钱交了，军官还舍不得走，老王和我开始跟他瞎扯，我就夸奖他的不瞒着病——有花柳，赶快治，到我们这里来治，准保没危险。花柳是伟人病，正大光明，有病就治，几针六〇六，完了，什么事也没有。就怕像铺子里的小伙计，或是中学的学生，得了药藏藏掩掩，偷偷的去找老虎大夫，或是袖口来袖口去买私药——广告专贴在公共厕所里，非糟不可。① 军官非常赞同我的话，告诉我他已上过二十多次医院。不过哪一回也没有这一回舒服。我没往下接碴儿。

老王接过去，花柳根本就不算病，自要勤扎点六〇六。军官非常赞同老王的话，并且有事实为证——他老是不等完全好了便又接着去逛；反正再扎几针就是了。老王非常赞同军官的话，并且愿拉个主顾，军官要是长期扎扎的话，他愿减收一半药费：五块钱一针。包月也行，一月一百块钱，不论扎多少针。军官非常赞同这个主意，可是每次得照着今天的样子办，我们都没言语，可是笑着点了点头。

军官汽车刚开走，迎头来了一辆，四个丫环搀下一位太太来。一下车，五张嘴一齐问：有特别房没有？② 我推开一个丫环，轻轻的托住太太的手腕，搀到小院中。我指着转运公司的楼房说，"那边的特别室都住满了。您还算得凑巧，这里——我指着我们的几间小房说——还有两间头等房，您暂时将就一下吧。其实这两间比楼上还舒服，省得楼上楼下的跑，是不是，老太太？"

老太太的第一句话就叫我心中开了一朵花，"唉，这还像个大夫——病人不为舒服，上医院来干吗？东生医院那群大夫，简直的不是人！"

"老太太，您上过东生医院？"我非常惊异的问。

"刚由那里来，那群王八羔子！"

乘着她骂东生医院——凭良心说，这是我们这里最大最好的医院——我把她搀到小屋里，我知道，我要是不引着她

---

❶ 叙述

军官害的是花柳病，可见他平时就好色，这次觉得舒服也并不是因为病情好转，而是美丽的看护令他动了心思。

❷ 动作描写

老太太带着四个丫环，可见身份不一般，"我"刻意去托住她的手腕，讨好她，只是为了赚钱。

骂东生医院,她决不会住这间小屋,"您在那儿住了几天?"我问。

"两天;两天就差点要了我的命!"老太太坐在小床上。

①我直用腿顶着床沿,我们的病床都好,就是上了点年纪,爱倒。"怎么上哪儿去了呢?"我的嘴不敢闲着,不然,老太太一定会注意到我的腿的。

"别提了!一提就气我个倒仰——。你看,大夫,我害的是胃病,他们不给我东西吃!"老太太的泪直要落下来。

"不给您东西吃?"我的眼都瞪圆了。"有胃病不给东西吃?庸医!就凭您这个年纪?老太太您有八十了吧?"

老太太的泪立刻收回去许多,微微的笑着:"还小呢。刚五十八岁。"

"和我的母亲同岁,她也是有时候害胃口疼!"我抹了抹眼睛。"老太太,您就在这儿住吧,我准把那点病治好了。这个病全仗着好保养,想吃什么就吃:吃下去,心里一舒服,病就减去几分,是不是,老太太?"

②老太太的泪又回来了,这回是因为感激我。"大夫,你看,我专爱吃点硬的,他们偏叫我喝粥,这不是故意气我吗?"

"您的牙口好,正应当吃口硬的呀!"我郑重的说。

"我是一会儿一饿,他们非到时候不准我吃!"

"糊涂东西们!"

"半夜里我刚睡好,他们把小玻璃棍放在我嘴里,试什么度。"

"不知好歹!"

"我要便盆,那些看护说,等一等,大夫就来,等大夫查过病去再说!"

"该死的玩艺儿!"

"我刚挣扎着坐起来,看护说,躺下。"

"讨厌的东西!"

❶动作描写

钱都用来打广告了,医院的设施自然不怎么样,床都是残次品,体现了医院的不正规。

❷对话描写

东生医院是这里最好的医院,老太太不理解那里的医生和护士专业的做法也就算了,"我"为了挣钱也故意顺着老太太的话,显示出"我"的奸诈和虚伪。

我和老太太越说越投缘，就是我们的屋子再小一点，大概她也不走了。爽性我也不再用腿顶着床了，即使床倒了，她也能原谅。

"你们这里也有看护呀？"老太太问。

"有，可是没关系，"我笑着说。"您不是带来四个丫环吗？叫她们也都住院就结了。您自己的人当然伺候的周到；我干脆不叫看护们过来，好不好？"

"那敢情好啦，有地方呀？"老太太好像有点过意不去了。

"有地方，您干脆包了这个小院吧。四个丫环之外，不妨再叫个厨子来，您爱吃什么吃什么。我只算您一个人的钱，丫环厨子都白住，就算您五十块钱一天。"

老太太叹了口气："钱多少的没有关系，就这么办吧。春香，你回家去把厨子叫来，告诉他就手儿带两只鸭子来。"

① 我后悔了：怎么才要五十块钱呢？真想抽自己一顿嘴巴！幸而我没说药费在内；好吧，在药费上找齐儿就是了；反正看这个来派，这位老太太至少有一个儿子当过师长。况且，她要是天天吃火烧夹烤鸭，大概不会三五天就出院，事情也得往长里看。

医院很有个样子了：四个丫环穿梭似的跑出跑入，厨师傅在院中墙根砌起一座炉灶，好像是要办喜事似的。我们也不客气，老太太的果子随便拿起就尝，全鸭子也吃它几块。始终就没人想起给她看病，因为注意力全用在看她买来什么好吃食。

老王和我总算开了张，老邱可有点挂不住了。他手里老拿着刀子。我都直躲他，恐怕他拿我试试手。老王直劝他不要着急，可是他太好胜，非也给医院弄个几十块不甘心。我佩服他这种精神。

吃过午饭，来了！割痔疮的！四十多岁，胖胖的，肚子很大。王太太以为他是来生小孩，后来看清他是男性，才把他让给老邱。老邱的眼睛都红了。② 三言五语，老邱的刀子便下去了。四十

❶ 心理描写

"我"连看护都没有派给老太太，让她自己的丫环照顾她，还要收她50元一天，竟然还觉得少了，可见"我"的贪婪无度。

❷ 动作描写

什么都没说清楚，就下了刀子，老邱显然是故意的，就是为了中途好要价，他为了赚钱已经不顾病人痛不痛了。

多岁的小胖子疼得直叫唤，央告老邱用点麻药。老邱可有了话：

"咱们没讲下用麻药哇！用也行，外加十块钱。用不用？快着！"

小胖子连头也没敢摇。老邱给他上了麻药。又是一刀，又停住了："我说，你这可有管子，刚才咱们可没讲下割管子。还往下割不割？往下割的话，外加三十块钱。不的话，这就算完了。"

我在一旁，暗伸大指，真有老邱的！拿住了往下敲，是个办法！

四十多岁的小胖子没有驳回，我算计着他也不能驳回。老邱的手术漂亮，话也说得脆，一边割管子一边宣传："我告诉你，这点事儿值得你二百块钱；不过，我们不敲人；治好了只求你给传传名。赶明天你有工夫的时候，不妨来看看。我这些家伙用四万五千倍的显微镜照，照不出半点微生物！"

胖子一声也没出，也许是气胡涂了。

① 老邱又弄了五十块。当天晚上我们打了点酒，托老太太的厨子给作了几样菜。菜的材料多一半是利用老太太的。一边吃，一边讨论我们的事业，我们决定添设打胎和戒烟。老王主张暗中宣传检查身体，凡是要考学校或保寿险的，哪怕已经做下寿衣，预备下棺材，我们也把体格表填写得好好的；只要交五元的检查费就行。这一案也没费事就通过了。老邱的老丈人最后建议，我们匀出几块钱，自己挂块匾。老人出老办法。可是总算有心爱护我们的医院，我们也就没反对。老丈人已把匾文拟好——仁心仁术。陈腐一点，不过也还恰当。我们议决，第二天早晨由老丈人上早市去找块旧匾。② 王太太说，把匾油饰好，等门口有过娶妇的，借着人家的乐队吹打的时候，我们就挂匾。到底妇女的心细，老王特别显着骄傲。

（原载于1933年10月10日《矛盾》第2卷第2期）

❶叙述

"我们"靠着坑蒙拐骗赚了钱，就喝酒吃菜庆祝起来，连菜的材料都不忘占老太太的便宜，可见我们的贪婪。

❷叙述

王太太想出来的省钱的方法简直匪夷所思，可以说是把自己的本事发挥到了极致。

精华赏析

文章通过"我"和老王等人开医院骗钱的事情,讲述了荒唐好色的军官,讲述了讳疾忌医又愚昧无知的老太太,讲述了毫不知情就被宰了的胖子,可见当时社会的腐化。

延伸思考

1. 军官为什么觉得感受很好?
2. "我"是一个怎么样的人?
3. 来看病的老太太是什么性格?

相关链接

医生这个职业本应该救死扶伤,医院更是一个神圣的地方,现在却被一群骗子用来骗钱。作者借这篇文章讽刺了那些非法行医的现象,讽刺了当时腐败的社会。

她的失败

名师导读

北风呼啸，秦心鸢女士坐在小屋里发呆，这时候，门口有人送来了一封信……

北风吹着阵阵的寒云，把晴明的天日都遮住。这洁净的小屋中，才四点多钟，已觉得有些黑暗。

①她坐在椅子上，拿着解放杂志翻来覆去的看，但是始终没有看清那一段是什么话。时时掩了书，对着镜子，呆呆的坐着。

她一举一动，都像受了"无聊"的支配，时时仿佛听见皮鞋橐橐的声音，她却懒得向院中去看，以为这个声音，决不是假的，也决不是旁人。

拍拍的打门，小狗儿汪汪的乱叫，这冷淡的院宇，才稍微有些活气。

"兰香！看看谁打门呢！"

"或者是送信的吧！"兰香答应这句话狠诚恳。

兰香进来，一边走，一边念："普安寺十五号，秦心鸢女士，秋缄。"

❶动作描写

生动形象地写出了主人公的焦虑、不安、无聊，她根本无心看书，为下文埋下了伏笔。

她赶紧站起来，接过信，不知怎样就拆开了，这是兰香看惯的，但是极注意她脸上的颜色。

她脸上忽然红了，又渐渐的灰白，狠不愿意拿自己的感情，去激动别人，就面向着里说："兰香你快泡茶去吧！"

① 她扶着椅子，不知想些什么，只看见镜里的灰白面孔，一阵阵的冷笑，她忽然像发狂的样子说："我为什么要受他的驱使？我为什么热心协助他，甚且要嫁他？"她软软的坐下。

好大半天，院中家雀，正在唧唧啾啾叫的高兴，忽然全飞了。兰香拿着茶碗进来。

"兰香！你知道宇宙间，也有热心作事的过错吗？这良心，是要寄在条规上吗？"这时候，兰香仿佛是天上降下来的神女。

② "姑娘！那天我上街，见着了他，他说：'你们姑娘，实在诚实，只是少了些修饰，而且有点粗心，'姑娘！你的信，许我看看吗？"

"兰香！你替我看完了吧！"

"啊哟！姑娘！不但少些句子修饰，这天真烂漫，也是败事的根呢！"

（原载于1921年5月《海外新声》第1卷第3号）

❶ 动作描写

秦心莺女士得知自己告白被拒后一下子变得沮丧、悲愤，脸色也变得灰白，全身没有一丝力气。

❷ 引用

兰香引用了那位男子的话语，说出了男子的态度，写明了他拒绝的原因。

这个小故事描述了秦心莺女士在接受了五四时期的思想解放观念后，勇敢地写信向心仪之人告白却被拒绝的事情。文中突出了她在等信时的焦急、期待，以及看信后的伤心、绝望。

延伸思考

1. 秦心鸢女士为什么无心看书?
2. 秦心鸢女士为什么告白失败了?
3. 兰香说的"这天真烂漫,也是败事的根呢"是什么意思?

相关链接

五四时期,先进的新观念、新思想开始引入,人们的思想开始解放,秦心鸢女士便是其中的一个代表,但同样的,有些人的思想并没有彻底解放,还保留着过去的一些观点。

小铃儿

名师导读

小铃儿是个单纯善良的好孩子,他一心想着要报国恨家仇,但是思想的狭隘却让他越走越偏。

京城北郊王家镇小学校里,校长,教员,夫役,凑齐也有十来个人,没有一个不说小铃儿是聪明可爱的。每到学期开始,同级的学友多半是举他做级长的。

① 别的孩子入学后,先生总喊他的学名,惟独小铃儿的名字——德森——仿佛是虚设的。校长时常的说:"小铃儿真像个小铜铃,一碰就响的!"

下了课后,先生总拉着小铃儿说长道短,直到别的孩子都走净,才放他走。那一天师生说闲话,先生顺便的问道:"小铃儿你父亲得什么病死的?你还记得他的模样吗?"

"不记得!等我回家问我娘去!"小铃儿哭丧着脸,说话的时候,眼睛不住的往别处看。

"小铃儿看这张画片多么好,送给你吧!"先生看见小铃儿可怜的样子,赶快从书架上拿了一张画片给了他。

❶侧面描写
通过先生们和校长对小铃儿的称呼,可以看出他们对小铃儿的喜欢。

"先生！谢谢你——这个人是谁？"

① "这不是咱们常说的那个李鸿章吗！"

"就是他呀！呸！跟日本讲和的！"小铃儿两只明汪汪的眼睛，看看画片，又看先生。

"拿去吧！昨天咱们讲的国耻历史忘了没有？长大成人打日本去，别跟李鸿章一样！"

"跟他一样？把脑袋打掉了，也不能讲和！"小铃儿停顿一会儿，又继续着说："明天讲演会我就说这个题目，先生！我讲演的时候，怎么脸上总发烧呢？"

"慢慢练就不红脸啦！铃儿该回去啦！好！明天早早来！"先生顺口搭音的躺在床上。

"先生明天见吧！"小铃儿背起书包，唱着小山羊歌走出校来。

小铃儿每天下学，总是一直唱到家门，他母亲所见歌声，就出来开门；今天忽然变了：

"娘啊！开门来！"很急躁的用小拳头叩着门。

"今天怎么这样晚才回来？刚才你大舅来了！"小铃儿的母亲，把手里的针线，扦在头上，给他开门。

② "在哪儿呢？大舅！大舅！你怎么老不来啦？"小铃儿紧紧的往屋里跑。

"你倒是听完了！你大舅等你半天，等的不耐烦，就走啦；一半天还来呢！"他母亲一边笑一边说。

"真是！今天怎么竟是这样的事！跟大舅说说李鸿章的事也好哇！"

"哟！你又跟人家拌嘴啦？谁？跟李鸿章？"

"娘啊！你要上学，可真不行，李鸿章早死啦！"从书包里拿出画片，给他母亲看，"这不是他；不是跟日本讲和的奸细吗！"

"你这孩子！一点规矩都不懂啦！等你舅舅来，还是求他

❶ 对话描写

通过小铃儿和先生的对话，可以看出小铃儿有一颗爱国之心，他鄙视跟日本讲和的李鸿章。

❷ 语言描写

生动地表现出了小铃儿和大舅的关系很好，听到母亲说大舅来了便赶忙往屋里跑去找他。

❶ 语言描写

从小铃儿的话语中可以看出他的纯真无邪，他想上学，想慢慢的往上升，当上校长，却不知中间有多大的差距。

带你学手艺去，我知道李鸿章干吗？"

①"学手艺，我可不干！我现在当级长，慢慢的往上升，横是有做校长的那一天！多么好！"他摇晃着脑袋，向他母亲说。

"别美啦！给我买线去！青的白的两样一个铜子的！"

吃过晚饭小铃儿陪着母亲，坐在灯底下念书；他母亲替人家做些针黹。念乏了，就同他母亲说些闲话。

"娘啊！我父亲脸上有麻子没有？"

"这是打哪儿提起，他脸上甭提多么干净啦！"

"我父亲爱我不爱？给我买过吃食没有？"

"你都忘了！哪一天从外边回来不是先去抱你，你姑母常常的说他：'这可真是你的金蛋，抱着吧！将来真许作大官增光耀祖呢！'你父亲就眯眯睎睎的傻笑，搬起你的小脚指头，放在嘴边香香的亲着，气得你姑母又是恼又是笑。——那时你真是又白又胖，着实的爱人。"

小铃儿不错眼珠的听他母亲说，仿佛听笑话似的，待了半天又问道：

"我姑母打过我没有？"

"没有！别看她待我厉害，待你可是真爱。那一年你长口疮，半夜里啼哭，她还起来背着你，满屋子走，一边走一边说：'金蛋！金蛋！好孩子！别哭！你父亲一定还回来呢！回来给你带柿霜糖多么好吃！好孩子！别哭啦！'"

"我父亲那一年就死啦？怎么死的？"

"可不是后半年！你姑母也跟了他去，要不是为你，我还干什么活着？"②小铃儿的母亲放下针线叹了一口气，那眼泪断了线的珠子般流下来！

❷ 比喻

小铃儿的母亲讲到这里，想起了小铃儿父亲的死，忍不住悲从中来，落下了眼泪。

"你父亲不是打南京阵亡了吗？哼！尸骨也不知道飞到哪里去呢！"

小铃儿听完，蹦下炕去，拿小拳头向南北画着，大声的说："不用忙！我长大了给父亲报仇！先打日本后打南京！"

"你要怎样？快给我倒碗水吧！不用想那个，长大成人好好的养活我，那才算孝子。倒完水该睡了，明天好早起！"

他母亲依旧作她的活计，小铃儿躺在被窝里，把头钻出来钻进去，一直到二更多天才睡熟。

❶"快跑，快跑，开枪！打！"小铃儿一拳打在他母亲的腿上。

"哟，怎么啦！这孩子又吃多啦！瞧！被子踹在一边去了，铃儿！快醒醒！盖好了再睡！"

"娘啊！好痛快！他们败啦！"小铃儿睁了睁眼睛，又睡着了。

第二天小铃儿起来的很早，一直的跑到学校，不去给先生鞠躬，先找他的学伴。凑了几个身体强壮的，大家蹲在体操场的犄角上。

❷小铃儿说："我打算弄一个会，不要旁人，只要咱们几个。每天早来晚走，咱们大家练身体，互相的打，打疼了，也不准急，练这么几年，管保能打日本去；我还多一层，打完日本再打南京。"

"好！好！就这么办！就举你作头目。咱们都起个名儿，让别人听不懂，好不好？"一个十四五岁头上长着疙瘩，名叫张纯的说。

"我叫一只虎，"李进才说："他们都叫我李大嘴，我的嘴真要跟老虎一样，非吃他们不可！"

"我，我叫花孔雀！"一个鸟贩子的儿子，名叫王凤起的说。

"我叫什么呢？我可不要什么狼和虎。"小铃儿说。

"越厉害越好啊！你说虎不好，我不跟你好啦！"李进才撇着嘴说。

"要不你叫卷毛狮子，先生不是说过：'狮子是百兽的王'吗！"王凤起说。

"不行！不行！我力气大，我叫狮子！德森叫金钱豹吧！"张纯把别人推开，拍着小铃儿的肩膀说。

---

❶ 语言描写

小铃儿一心想要报国恨家仇，连睡着了做梦都是在杀敌人，为后文埋下了伏笔。

❷ 语言描写

从小铃儿的语句中，可以看出虽然小铃儿有着要打退敌人的决心，但他根本不知道何为正确的道路，想法太单纯。

正说的高兴，先生从那边嚷着说："你们不上教室温课去，蹲在那块干什么？"一眼看见小铃儿声音稍微缓和些，"小铃儿你怎么也蹲在那块？快上教室里去！"

大家慢腾腾的溜开，等先生进屋去，又凑在一块商议他们的事。

① 不到半个月，学校里竟自发生一件奇怪的事，——永不招惹人的小铃儿会有人给他告诉："先生！小铃儿打我一拳！"

"胡说！小铃儿哪会打人？不要欺侮他老实！"先生很决断的说，"叫小铃儿来！"

小铃儿一边擦头上的汗一边说："先生！真是我打了他一下，我试着玩来着，我不敢再……"

"去吧！没什么要紧！以后不准这样，这么点事，值得告诉？真是！"先生说完，小铃儿同那委委屈屈的小孩子都走出来。

"先生！小铃儿看着我们值日，他竟说我们没力气，不配当，他又管我们叫小日本，拿着教鞭当枪，比着我们。"几个小女孩子，都用那炭条似的小手，抹着眼泪。

"这样子！可真是学坏了！叫他来，我问他！"先生很不高兴的说。

② "先生！她们值日，老不痛痛快快的吗，三个人搬一把椅子。——再说我也没拿枪比画她们。"小铃儿恶狠狠的瞪着她们。

"我看你这几天是跟张纯学坏了，顶好的孩子，怎么跟他学呢！"

"谁跟卷毛狮……张纯……"小铃儿背过脸去吐了吐舌头。

"你说什么？"

"谁跟张纯在一块来着！"

"我也不好意罚你，你帮着她们扫地去，扫完了，快画那张国耻地图。不然我可真要……"先生头也不抬，只顾改缀法的成绩。

"先生！我不用扫地了，先画地图吧！开展览会的时候，

---

❶ 对比

从前小铃儿尊敬师长，友爱同学，从不招惹别人，而现在竟然学会打人了，可见他的行为处事已经有些偏了。

❷ 动作描写

小铃儿听了先生的批评，根本没有意识到自己的错误，反而觉得是那些小女孩做事太拖拉。

好让大家看哪！你不是说，咱们国的人，都不知道爱国吗？"

"也好！去画吧！你们也都别哭了！还不快扫地去，扫完了好回家！"

小铃儿同着她们一齐走出来，走不远，就看见那几个淘气的男孩子，在墙根站着，向小铃儿招手，低声的叫着："豹！豹！快来呀！我们都等急啦！"

"先生还让我画地图哪！"

"什么地图，不来不行！"说话时一齐蜂拥上来，拉着小铃儿向体操场去，他嘴直嚷：

"不行！不行！先生要责备我呢！"

"练身体不是为挨打吗？你没听过先生说吗？什么来着？对了：'斯巴达的小孩，把小猫藏在裤子里，还不怕呢！'挨打是明天的事，先走吧！走！"张纯一边比方着，一边说。

小铃儿皱着眉，同大家来到操场犄角说道：

"说吧！今天干什么？"

①"今天可好啦！我探明白了！一个小鬼子，每天骑着小自行车，从咱们学校北墙外边过，咱们想法子打他好不好？"张纯说。

李进才抢着说："我也知道，他是北街洋教堂的孩子。"

"别粗心咧！咱们都带着学校的徽章，穿着制服，打他的时候，他还认不出来吗？"小铃儿说。

"好怯家伙！大丈夫敢作敢当，再说先生责罚咱们，不会问他，你不是说雪国耻得打洋人吗？"李进才指教员室那边说。

"对！——可是倘若把衣裳撕了，我母亲不打我吗？"小铃儿站起来，掸了掸身上的土。

"你简直的不用去啦！这么怯，将来还打日本哪？"王凤起指着小铃儿的脸说。

②"干哪！听你们的！走……"小铃儿红了脸，同着大众顺着墙根溜出去，也没顾拿书包。

❶语言描写⋯⋯⋯

这些孩子对国恨家仇的认识还很片面，觉得洋人就是不好的，根本就不知道正确的做法，只是凭着一腔热血蛮干。

❷语言描写⋯⋯⋯

在王凤起的鼓动下，小铃儿还是去打架了，甚至连书包都没有拿，为后文埋下了伏笔。

第二天早晨，校长显着极懊恼的神气，在礼堂外边挂了一块白牌，上面写着：

"德森张纯……不遵校规，纠众群殴，……照章斥退……"

（原载于1923年1月《南开季刊》第2、3期合刊）

精华赏析

作者以小铃儿的角度出发，写出了当时懦弱无能的政府和残酷的战争。小铃儿立志要报仇，连做梦都在打仗，体现了他的天真无邪和疾恶如仇，可惜他对报效国家的概念理解太狭隘，最后从好学生混到了被退学的程度。

延伸思考

1. 小铃儿最初是一个怎么样的孩子？
2. 小铃儿为什么想要锻炼身手？
3. 小铃儿最后怎么样了？

相关链接

作者用小铃儿年少的眼睛看着当时的大世界，刻画出了当时人们的愚昧和无知，讽刺了那些思想简单的人，正是他们的闭塞才阻碍了国家的发展。同时，也隐晦地表达了作者依旧想要靠年轻人拯救中国的美好希望。

旅　行

名师导读

老舍、老方和老辛在国外一起去旅游,老方、老辛总是为了先去哪而争论,最后却什么地方也没去成。

老舍把早饭吃完了,还不知道到底吃的是什么;要不是老辛往他(老舍)脑袋上浇了半罐子凉水,也许他在饭厅里就又睡起觉来!老辛是外交家,衣裳穿得讲究,脸上刮得油汪汪的发亮,嘴里说着一半英国话,一半中国话,和音乐有同样的抑扬顿挫。外交家总是喜欢占点便宜的,老辛也是如此:吃面包的时候擦双份儿黄油,而且是不等别人动手,先擦好五块面包放在自己的碟子里。老方——是个候补科学家——的举动和老舍老辛又不同了:①眼睛盯着老辛擦剩下的那一小块黄油,嘴里慢慢的嚼着一点面包皮,想着黄油的成分和制造法,设若黄油里的水分是一·〇七?设若搁上〇·六七的盐?……他还没想完,老辛很轻巧的用刀尖把那块黄油又插走了。

吃完早饭,老舍主张先去睡个觉,然后再说别的。老辛老

❶**心理描写**
生动形象地写出了老方的心理活动,体现了他身为候补科学家的特点,连吃饭都不忘记思考和计算。

方全不赞成，逼着他去收拾东西，好赶九点四十五的火车。老舍没法儿，只好揉眼睛，把零七八碎的都放在小箱子里，而且把昨天买的三个苹果——本来是一个人一个——全偷偷的放在自己的袋子里，预备到没人的地方自家享受。

东西收拾好，会了旅馆的账，三个人跑到车站，买了票，上了车；真巧，刚上了车，车就开了。车一开，老舍手按着袋子里的苹果，又闭上眼了，老辛老方点着了烟卷儿，开始辩论：老辛本着外交家的眼光，说昨天不该住在巴兹，应该一气儿由伦敦到不离死兔，然后由不离死兔回到巴兹来；这么办，至少也省几个先令，而且叫人家看着有旅行的经验。老方呢，哼儿哈儿的支应着老辛，不错眼珠儿的看着手表，计算火车的速度。

火车到了不离死兔，两个人把老舍推醒，就手儿把老舍袋子里的苹果全掏出去。①老辛拿去两个大的，把那个小的赏给老方；老方顿时站在站台上想起牛顿看苹果的故事来了。

❶动作描写
老辛分苹果的动作体现了他贪婪、爱占小便宜的性格。

出了车站，老辛打算先找好旅店，把东西放下，然后再去逛。老方主张先到大学里去看一位化学教授，然后再找旅馆。两个人全有充分的理由，谁也不肯让谁，老辛越说先去找旅馆好，老方越说非先去见化学教授不可。越说越说不到一块儿，越说越不贴题，结果，老辛把老方叫作"科学牛"，老方骂老辛是"外交狗"，骂完还是没办法，两个人一齐向老舍说：

"你说！该怎么办！？说！"

老舍打了个哈欠，揉了揉眼睛，擦了擦鼻子，有气无力的说：

②"附近就有旅馆，拍拍脑袋算一个，找着那个就算那个。找着了旅馆，放下东西，老方就赶紧去看大学教授。看完大学教授赶快回来，咱们就一块儿去逛。老方没回来以前，老辛可以到街上转个圈子，我呢，来个小盹儿，你们看怎么样？"

老辛老方全笑了，老辛取消了老方的"科学牛"，老方也撤回了"外交狗"；并且一齐夸奖老舍真聪明，差不多有成"睡仙"的希望。

❷语言描写
老舍的话解决了老方和老辛的矛盾，老方可以赶紧去看大学教授，老辛也能到处转转，而他自己还能继续睡觉。

一拐过火车站，老方的眼睛快（因为戴着眼镜），看见一户人家的门上挂着："有屋子出租"，他没等和别人商量，一直走上前去。①他还没走到那家的门口，一位没头发没牙的老太婆从窗子缝里把鼻子伸出多远，向他说："对不起！"

老方火儿啦！还没过去问她，怎么就拒绝呀！黄脸人就这么不值钱吗！老方向来不大爱生气的，也轻易不谈国事；被老太婆这么一气，他可真恼啦！差不多非过去打她两个嘴巴才解气！老辛笑着过来了：

"老方打算省钱不行呀！人家老太婆不肯要你这黄脸鬼！还是听我的去找旅馆！"

老方没言语，看了老辛一眼；跟着老辛去找旅馆。老舍在后面随着，一步一个哈欠，恨不能躺在街上就睡！

找着了旅馆，价钱贵一点，可是收中国人就算不错。老辛放下小箱就出去了，老方雇了一辆汽车去上大学，老舍躺在屋里就睡。

老辛老方都回来了，把老舍推醒了，商议到哪里去玩。老辛打算先到海岸去，老方想先到查得去看古洞里的玉笋钟乳和别的与科学有关的东西。老舍没主意，还是一劲儿说困。

"你看，"老辛说："先到海岸去洗个澡，然后回来逛不离死兔附近的地方，逛完吃饭，吃完一睡——"

"对！"老舍听见这个"睡"字高兴多了。

"明天再到查得去不好么？"老辛接着说，眼睛一闭一闭的看着老方。

②"海岸上有什么可看的！"老方发了言："一片沙子，一片水，一群姑娘露着腿逗弄人，还有什么？"

"古洞有什么可看，"老辛提出抗议："一片石头，一群人在黑洞里鬼头鬼脑的乱撞！"

"洞里的石笋最小的还要四千年才能结成，你懂得什么——"

①动作描写

通过老太太伸鼻子的动作，可以看出她对中国人的鄙夷和不屑，嘴里说着"对不起"只不过是为了推脱。

②对话描写

老方喜欢去海岸看水、看年轻姑娘们，而老辛对此不感兴趣，只想去看古洞，两人又出现了不一致的想法。

老辛没等老方说完，就插嘴：

"海岸上的姑娘最老的也不过二十五岁，你懂得什么——"

"古洞里可以看地层的——"

"海岸上可以吸新鲜空气——"

"古洞里可以——"

"海岸上可以——"

两个人越说越乱，谁也不听谁的，谁也听不见谁的。嚷了一阵，两个全向着老舍来了：

"你说，听你的！别再耽误工夫！"

① 老舍一看老辛的眼睛，心里说：要是不赞成上海岸，他非把我活埋了不可！又一看老方的神气：哼，不跟着他上古洞，今儿个晚上非叫他给解剖了不可！他揉了揉眼睛说：

"你们所争执的不过是时间先后的问题——"

"外交家所要争的就是'先后'！"老辛说。

"时间与空间——"

老舍没等老方把时间与空间的定义说出来，赶紧说：

"这么着，先到外面去看一看，有到海岸去的车呢，便先上海岸；有到查得的车呢，便先到古洞去。我没一定的主张，而且去不去不要紧；你们要是分头去也好，我一个人在这里睡一觉，比什么都平安！"

"你出来就为睡觉吗？"老辛问。

"睡多了于身体有害！"老方说。

"到底怎么办？"老舍问。

"出去看有车没有吧！"老辛拿定了主意。

"是火车还是汽车？"老方问。

"不拘。"老舍回答。

② 三个人先到了火车站，到海岸的车刚开走了，还有两次车，可都是下午四点以后的。于是又跑到汽车站，到查得的汽车票全卖完了，有一家还有几张票，一看是三个中国人成心不卖给

❶ 侧面描写

老辛和老方虽然说让老舍决定，但实际上都觉得自己的想法更好，这么说不过是希望老舍可以支持自己。

❷ 叙述

老方和老辛争论了半天去海岸还是古洞，结果连车票都买不到，白争论那么半天了。

他们。

"怎么办?"老方问。

老辛没言语。

① "回去睡觉哇!"老舍笑了。

（原载于1929年3月《留英学报》第3期）

❶神态描写

车票没了,哪里也去不成了,这下倒是正合了老舍的意,他刚好可以回去睡上一觉。

老方、老辛和老舍三个人去旅行,一路上老辛和老方因为意见不合争执不休,最后却因为买不到票而什么地方也没去成。

1. 老方的性格怎么样?

2. 老辛想要去哪里,为什么?

3. 他们最后怎么样了?

文中外国人对老舍等人的态度虽然着墨不多,但是却引人深思。

狗之晨

名师导读

早晨，门外的脚步声惊动了大黑，它慢腾腾地睁开了睡眼，新的一天开始了。让我们一起看看它的生活吧！

❶ 比喻
生动形象地写出了早晨大黑狗被脚步声惊动，微微睁开眼睛，但又难挡困意的样子。

❷ 心理描写
因为狸子皮的猫很厉害，而黑白花的猫好欺负，大黑在没找到是谁在叫后，就希望是那只黑白花的猫，可见它欺软怕硬。

东方既明，宇宙正在微笑，玫瑰的光吻红了东边的云。大黑在窝里伸了伸腿；似乎想起一件事，啊，也许是刚才作的那个梦；谁知道，好吧，再睡。门外有点脚步声！①耳朵竖起，像雨后的两枝慈姑叶；嘴，可是，还舍不得项下那片暖、柔、有味的毛。眼睛睁开半个。听出来了，又是那个巡警，因为脚步特别笨重，闻过他的皮鞋，马粪味很大；大黑把耳朵落下去，似乎以为巡警是没有什么趣味的东西。但是，脚步到底是脚步声，还得听听；啊，走远了。算了吧，再睡。把嘴更往深里顶了顶，稍微一睁眼，只能看见自己的毛。

刚要一迷糊，哪来的一声猫叫？头马上便抬起来。在墙头上呢，一定。可是并没有看到；纳闷：是那个黑白花的呢，还是那个狸子皮的？②想起那狸子皮的，心中似乎不大起劲；狸子皮的抓破过大黑的鼻子；不光荣的事，少想为妙。还是那个黑白花的吧，那天不是大黑几乎把黑白花的堵在墙角么？这么一想，喉咙立刻痒了一下，向空中叫了两声。

"安顿着，大黑！"屋中老太太这么喊。

大黑翻了翻眼珠，老太太总是不许大黑咬猫！可是不敢再作声，并且向屋子那边摇了摇尾巴。什么话呢，天天那盆热气腾腾的食是谁给大黑端来？老太太！即使她的意见不对也不能得罪她，什么话呢，大黑的灵魂是在她手里拿着呢。她不准大黑叫，大黑当然不再叫。①假如不服从她，而她三天不给端那热腾腾的食来？大黑不敢再往下想了。

似乎受了刺激，再也睡不着；咬咬自己的尾巴，大概是有个狗蝇，讨厌的东西！窝里似乎不易找到尾巴，出去。在院里绕着圆圈找自己的尾巴，刚咬住，"不棱"，又被（谁？）夺了走，再绕着圈捉。有趣，不觉得嗓子里哼出些音调。

"大黑！"

老太太真爱管闲事啊！好吧，夹起尾巴，到门洞去看看。坐在门洞，顺着门缝往外看，喝，四眼已经出来遛早了！四眼是老朋友：那天要不幸亏是四眼，大黑一定要输给二青的！二青那小子，处处是大黑的仇敌：抢骨头，闹恋爱，处处他和大黑过不去！假如那天他咬住大黑的耳朵？十分感激四眼！"四眼！"热情地叫着，四眼正在墙根找到包箱似的方便所在，刚要抬腿；"大黑，快来，到大院去跑一回？"

大黑焉有不同意之理，可是，门，门还关着呢！叫几声试试，也许老头就来开门。叫了几声，没用。再试试两爪，在门上抓了一回，门纹丝没动！

眼看着四眼独自向大院跑去！大黑真急了，向墙头叫了几声，虽然明知道自己没有上墙的本领。再向门外看看，四眼已经没影了。可是门外走着个叫化子，大黑借此为题，拚命的咬

❶心理描写

　　大黑为了热腾腾的饭食而听从老太太，生动地刻画出了它对老太太的讨好。

读书笔记

起来。大黑要是有个缺点，那就是好欺侮苦人。见汽车快躲，见穷人紧追，大黑几乎由习惯中形成这么两句格言。叫化子也没影了，大黑想象着狂咬一番，不如是好像不足以表示出自己的尊严，好在想象是不费什么实力的。

大概老头快来开门了，大黑猜摸着。这么一想，赶紧跑到后院去，以免大清早晨的就挨一顿骂。果然，刚到后院，就听见老头儿去开街门。大黑心中暗笑，觉得自己的智慧足以使生命十分有趣而平安。

等到老头又回到屋中，大黑轻轻的顺着墙根溜出去。① 出了街门，抖了抖身上的毛，向空中闻了闻，觉得精神十分焕发。然后又伸了个懒腰，就手儿在地上磨了磨脚指甲，后腿蹬起许多的土，沙沙的打在墙上，非常得意。在门前蹲坐起来，耳朵立着，坐着比站着身量高，加上两个竖立的耳朵，觉得自己很伟大而重要。

刚这么坐好，黄子由东边来了。黄子是这条胡同里的贵族，身量大，嘴是方的，叫的声音瓮声瓮气。大黑的耳朵渐渐往下落，心里嘀咕：还是坐着不动好呢，还是向黄子摆摆尾巴好呢，还是以进为退假装怒叫两声呢？他知道黄子的厉害，同时，又要顾及自己的尊严。他微微的回了回头，呕，没关系，坐在自己家门口还有什么危险？耳朵又微微的往上立，可是其余的地方都没敢动。

黄子过来了！在离大黑不远的一个墙角闻了闻，好像并没注意大黑。大黑心中同时对自己下了两道命令："跑！""别动！"

黄子又往前凑了凑，几乎是要挨着大黑了。大黑的胸部有些颤动。可是黄子还好似没看见大黑，昂然走过去。他远了，② 大黑开始觉得不是味道：为什么不乘着黄子没防备好而扑过去咬他一口？十分的可耻，那样的怕黄子。大黑越想越看不起自己。为发泄心中的怒气，开始向空中瞎叫。继而一想，万一

❶ 动作描写

作者用一连串的动作，生动地写出了大黑的洋洋自得，自我感觉良好，其实它的行为很滑稽。

❷ 叙述

黄子要过来的时候，大黑十分害怕，唯恐它欺负自己，但黄子什么也没做就走了，它反而后悔自己没扑上去咬他一口。

把黄子叫回来呢？登时立起来，向东走去，这样便不会和黄子走个两碰头。

大黑不像黄子那样在道路当中卷起尾巴走。而是夹着尾巴顺墙根往前溜；这样，如遇上危险，至少屁股可以拿墙作后盾，减少后方的防务。在这里就可以看出大黑并不"大"；大黑的"大"和小花的"小"，都不许十分叫真的。可是他极重视这个"大"字，特别和他主人在一块的时候，主人一喊"大"黑，他便觉得自己至少有骆驼那么大，跟谁也敢拚一拚。①就是主人不在眼前的时候，他也不敢承认自己是小。因为连不敢这么承认还不肯卷起尾巴走路呢；设若根本的自认渺小，那还敢出来走走吗。"大"字是他的主心骨。"大"字使他对小哈巴狗，瘦猫，叫化子，敢张口就咬；"大"字使他有时候对大狗——像黄子之类的——也敢露一露牙，和嗓子眼里细叫几声；而且主人在跟前的时候"大"字使他甚至于敢和黄子干一仗，虽明知必败，而不得不这样牺牲。狗的世界是不和平的，大黑专仗着这个"大"字去欺软怕硬的享受生命。

大黑的长象也不漂亮，而最足自馁的是没有黄子那样的一张方嘴。②狗的女性们，把吻永远白送给方嘴；大黑的小尖嘴，猛看像个子粒不足的"老鸡头"，就是把舌头伸出多长，她们连向他笑一下都觉得有失尊严。这个，大黑在自思自叹的时候，不能不归罪于他的父母。虽然老太太常说，大黑的父亲是饭庄子的那个小驴似的老黑，他十分怀疑这个说法。况且谁是他的母亲？没人知道！大黑没有可靠的家谱作证，所以连和四眼谈话的时候，也不提家事；大黑十分伤心。更不敢照镜子；地上有汪水，他都躲开。对于大黑，顾影是不能引起自怜的。那条尾巴！细，软，毛儿不多，偏偏很长，就是卷起来也不威武，况且卷着还很费事；老得夹着！

大黑到了大院。四眼并没在那里。大黑赶紧往四下看看，

❶叙述

大黑虽然名字里有"大"，实际上却不见得胆子多大，但它也不想承认自己"小"，就这样自欺欺人地过着。

❷对比

母狗们总是乐意把吻送给方嘴的黄子，而对大黑不屑一顾，甚至连笑都不愿意对他笑，这让大黑感到自卑。

❶叙述

大黑看起来好像很大胆，并不把二青放在眼里，还想要咬他，但这样的想法是大黑在确认了二青不在此处才有的，这就显得可笑了。

❷心理描写

大黑感谢四眼帮助了自己，因此视他为好友，但现在他又因为嫉妒而完全忘了和四眼的友谊，可见他多么自私。

好在二青什么的全没在那里，心里安定了些。由走改为小跑，觉得痛快。①好像二青也算不了什么，而且有和二青再打一架的必要。再和二青打的时候，顶好是咬住他一个地方，死不撒嘴，这样必能致胜。打倒了二青，再联络四眼战败黄子，大黑便可以称雄了。

远处有吠声，好几个狗一同叫呢。细听，有她的声音！她，小花！大黑向她伸过多少回舌头，摆过多少回尾巴；可是她，她连正眼瞧大黑一眼也不瞧！不是她的过错；战败二青和黄子，她自然会爱大黑的。大黑决定去看看，谁和小花一块唱恋歌呢。快跑。别，跑太快了，和黄子碰个头，可不得了；谨慎一些好。四六步的跑。

看见了：小花，喝，围着七八个，哪个也比大黑个子大，声音高！无望！不便于过去。可是四眼也在那边呢；四眼敢，大黑为何不敢？可是，四眼也个子不小哇，至少四眼的尾巴卷得有个样儿。有点恨四眼，虽然是好朋友。

大黑叫开了。虽然不敢过去，可是在远处示威总比那一天到晚闷在家里的小哈巴狗强多了。那边还有个小板凳狗，安然的在家门口坐着，连叫也不敢叫；大黑的身分增高了很多，凡事就怕比较。

②那群大狗打起来了。打得真厉害，啊，四眼倒在底下了。哎呀四眼；呕，活该；到底他已闻了小花一鼻子。大黑的嫉妒把友谊完全忘了。看，四眼又起来了，扑过小花去了，大黑的心差点跳出来了，自己号着转了个圆圈。啊，好！小花极骄慢的躲开四眼。好，小花，大黑痛快极了。

那群大狗打过这边来了，大黑一边看着一边退步，心里说：别叫四眼看见，假如一被看见，他求我帮忙，可就不好办了。往后退，眼睛呆看着小花，她今天特别的骄傲，好看。大黑恨自己！退得离小板凳狗不远了，唉，拿个小东西杀杀气吧！闻了小板凳一下，小板凳跳起来，善意的向大黑腿部一扑，似乎是要和大黑玩耍玩耍。大黑更生气了：谁和你个小东西玩呢？牙露出来，耳朵也立起来示威。①小板凳真不知趣：轻轻抓了地几下，腰儿塌着，尾巴卷着直摆。大黑知道这个小东西是不怕他，嘴张开了，预备咬小东西的脖子。正在这个当儿，大狗们跑过来了。小板凳看着他们，小嘴儿撅着巴巴的叫起来，毫无惧意。大黑转过身来，几乎碰着黄子的哥哥，比黄子还大，鼻子上一大道白，这白鼻梁看着就可怕！②大黑深恐小板凳的吠声引起他们的注意，而把大黑给围在当中。可是他们只顾追着小花，一群野马似的跑了过去，似乎谁也没有看到大黑。大黑的耻辱算是到了家，他还不如小板凳硬气呢！

　　似乎得设法叫小板凳看出大黑是和那群大狗为伍的：好吧，向前赶了两步，轻轻的叫了两声，瞭了小板凳一眼，似乎是说：你看，我也是小花的情人；你，小板凳，只配在这儿坐着。

　　风也似的，小花在前，他们在后紧随，又回来了！躲是来不及了，大黑的左右都是方嘴——都大得出奇！他们全身没有一根毛能舒坦的贴着肉皮了，全离心离骨的立起来。他的腿好像抽出了骨头，只剩下些皮和筋，而还要立着！他的尖嘴向四围纵纵着，只露出一对大牙。他的尾巴似乎要挤进肚皮里去。他的腰躬着，可是这样缩短，还掩不住两旁的筋骨。小花，好像是故意的，挤了他一下。他一点也不觉得舒服，急忙往后退。后腿碰着四眼的头。四眼并没招呼他。

　　一阵风似的，他们又跑远了。大黑哆嗦着把牙收回嘴中去，把腰平伸了伸，开始往家跑。后面小板凳追上来，一劲巴巴的叫。大黑回头龇了龇牙：干吗呀，你！似乎是说。

　　回到家中，看了看盆里，老太太还没把食端来。倒在台阶上，舐着腿上的毛。

　　"一边去！好狗不挡道，单在台阶上趴着！"老太太喊。

❶ 动作描写

　　小板凳对大黑非常友好、亲近，而大黑却并不领情，还因为看着小板凳弱小就想欺负他。

❷ 比喻

　　大黑唯恐小板凳的叫声会给自己惹来麻烦，没想到他们像一群野马似的跑了过去，动作之快，完全无视自己，可见，大黑把自己看得太重了。

翻了翻白眼，到墙根去卧着。心中安定了，开始设想：假如方才不害怕，他们也未必把我怎样了吧！后悔：小花挤了我一下，假使乘那个机会……决定不行，决定不行！那个小板凳！焉知小板凳不是个女性呢，竟自忘了看！谁和小板凳讲交情呢！

门外有人拍门。大黑立刻精神起来，等着老太太叫大黑。

"大黑！"

大黑立刻叫起来，往下扑着叫，觉得自己十二分的重要威严。①老太太去看门，大黑跟着，拚命的叫。

送信的。大黑在老太太脚前扑着往外咬。邮差安然不动。老太太踢了大黑一腿："怎这么讨厌，一边去！"

大黑不敢再叫，随着老太太进来，依旧卧在墙根。肚中发空，眼瞭着食盆，把一切都忘了，好像大黑的生命存在与否只看那个黑盆里冒热气不冒！

（原载于1933年1月24日至2月2日天津《益世报·语林》第98—103期）

---

❶对比

大黑想要讨好老太太，故意扑向邮差，满心以为自己很是厉害，但邮差根本不把他当回事，而他却被老太太踢了一脚，显得十分滑稽。

精华赏析

文章用了大量的笔墨写出了大黑的心理活动，他巨大的野心和实际上胆小懦弱的行为形成了鲜明的对比，幽默中带着讽刺。

延伸思考

1. 大黑为什么服从老太太？
2. 大黑对黄子是什么态度？

3.大黑对小板凳什么态度?

相关链接

　　作者将人的性格赋予到狗的身上,使整篇文章充满了别样的幽默,同时又讽刺了当时那些欺软怕硬、自卑又自大的人。

记懒人

名师导读

懒人是真的懒,懒得记名字,懒得说话,懒得领文凭……唯一一次不那么懒,是因为他爱上了一个姑娘。

一间小屋,墙角长着些兔儿草,床上卧着懒人。他姓什么?或者因为懒得说,连他自己也记不清了。大家只呼他为懒人,他也懒得否认。

在我的经验中,他是世上第一个懒人,因此我对他很注意:能上"无双谱"的总该是有价值的。

幸而人人有个弱点,不然我便无法与他来往;他的弱点是喜欢喝一盅。虽然他并不因爱酒而有任何行动,可是我给他送酒去,他也不坚持到底的不张开嘴。更可喜的是三杯下去,他能暂时的破戒——和我说话。我还能舍不得几瓶酒么?所以我成了他的好友。①自然我须把酒杯满上,送到他的唇边,他才肯饮。为引诱他讲话,我能不殷勤些?况且过了三杯,我只须把酒瓶放在他的手下,他自己便会斟满的。

❶ 动作描写

懒人喜欢喝酒,但是又不愿动,需要"我"把酒杯送到他嘴边才喝,可见他的懒惰。而三杯之后,酒喝出了味,他才稍微勤快了些。

他的话有些，假如不都是，很奇怪可喜的。而且极其天真，因为他的脑子是懒于搜集任何书籍上的与旁人制造的话的。他没有常识，因此他不讨厌。他确是个宝贝，在这可厌的社会中。

据他说，他是自幼便很懒的。他不记得他的父亲是黄脸膛还是白净无须；他三岁的时候，他的父亲死去；他懒得问妈妈关于爸爸的事。①他是妈妈的儿子，因为她也是懒得很有个样儿。旁的妇女是孕后九或十个月就生产。懒人的妈妈怀了他一年半，因为懒得生产。他的生日，没人晓得；妈妈是第一个忘记了它，他自然想不起问。

他的妈妈后来也死了，他不记得怎样将她埋葬。可是，他还记得妈妈的面貌。妈妈，虽在懒人的心中，也难免被想念着；懒人借着酒力叹了一口十年未曾叹过的气；泪是终于懒得落的。

他入过学。懒得记忆一切，可是他不能忘记许多小四方块的字，因为学校里的人，自校长至学生，没有一个不像活猴儿，终日跳动；所以他不能不去看那些小四方块，以得些安慰。最可怕的记忆便是"学生"。他想不出为何他的懒妈将他送入学校去，或者因为他入了学，她可以多心静一些？苦痛往往逼迫着人去记忆。②他记得"学生"——一群推他打他挤他踢他骂他笑他的活猴子。他是一块木头。被猴子们向四边推滚。他似乎也毕过业，但是懒得去领文凭。

"老子的心中到底有个'无为'萦绕着，我连个针尖大的理想也没有。"他已饮了半瓶白酒，闭着眼说。

"人类的纷争都是出于好事好动；假如人都变成桂树或梅花，世上当怎样的芬香静美？"我故意诱他说话。

他似乎没有听见，或是故意懒得听别人的意见。

我决定了下次再来，须带白兰地；普通的白酒还不够打开他的说话机关的。

白兰地果然有效，他居然坐起来了。往常他向我致敬只是闭着眼，稍微动一动眉毛。然后，我把酒递到他的唇边，酒过三杯，

❶对比

别人都是九个月或者十个月就生产，而懒人的妈妈因为懒却足足怀了他一年半，可见懒人的懒是遗传的。

❷比喻、对比

作者把学生比作"活猴子"，把懒人比作"木头"，两相对比下更突出了学生的活泼和懒人的懒惰。

他开始讲话，可是始终是躺在床上不起来。酒喝足了，在我告辞之际，他才肯指一指酒瓶，意思是叫我将它挪开；有的时候他连指指酒瓶都觉得是多事。

白兰地得着了空前的胜利，他坐起来了！① 我的惊异就好似看见了死人复活。我要盘问他了。

"朋友，"我的声音有点发颤，大概因为是有惊有喜，"朋友，在过去的经验中，你可曾不懒过一天或一回没有呢？"

"天下有多少事能叫人不懒一整天呢？"他的舌头有点僵硬。我心中更喜欢了：被酒激硬的舌头是最喜欢运动的。

"那么，不懒过一回没有呢？"

他没当时回答我。我看得出，他是搜寻他的记忆呢。他的脸上有点很近于笑的表示——这不过是我的猜测，我没见过他怎样笑。过了好久，他点了点头，又喝下一杯酒，慢慢的说：

"有过一次。许久许久以前的事了。设若我今年是四十岁——没心留意自己的岁数——那必是我二十来岁的事了。"

他又停顿住了。② 我非常的怕他不再往下说，可是也不敢促迫他；我等着，听得见我自己的心跳。

"你说，什么事足以使懒人不懒一次。"他猛孤丁的问了我一句。

我一时找不到相当的答案；不知道是怎么想起来的，我这么答对了他：

"爱情，爱情能使人不懒。"

"你是个聪明人！"他说。

我也吞了一大口白兰地，我的心几乎要跳出来。

他的眼合成一道缝，好像看着心中正在构成着的一张图画。然后像自己念道："想起来了！"

我连大气也不敢出的等着。

"一株海棠树，"他大概是形容他心里哪张画，"第一次见着她，便是在海棠树下。开满了花，像蓝天下的一大团雪，

---

❶夸张

别人坐起来是一件很寻常的事情，而懒人坐起来却让"我"惊异之极，可见他平时是多么的懒惰。

❷叙述

生动地写出了"我"对懒人的故事的期待和急迫，"我"很想马上知道，但又怕催促令他懒得说下去。

围着金黄的蜜蜂。我与她便躺在树下，脸朝着海棠花，时时有小鸟踏下些花片，像些雪花，落在我们的脸上，她，那时节，也就是十几岁吧，我或者比她大一些。她是妈妈的娘家的；不晓得怎样称呼她，懒得问。我们躺了多少时候？我不记得。

① 只记得那是最快活的一天：听着蜂声，闭着眼用脸承接着花片，花荫下见不着阳光，可是春气吹拂着全身，安适而温暖。我们俩就像埋在春光中的一对爱人，最好能永远不动，直到宇宙崩毁的时候。她是我理想中的人儿。她和妈妈相似——爱情在静里享受。别的女子们，见了花便折，见了镜子就照，使人心慌意乱。她能领略花木样的恋爱；我是讨厌蜜蜂的，终日瞎忙。可是在那一天，蜜蜂确是不错，它们的嗡嗡使我半睡半醒，半死半生；在生死之间我得到完全的恬静与快乐。这个快乐是一睁开眼便会失去的。"

他停顿了一会儿，又喝了半杯酒。他的话来得流畅轻快了："海棠花开残，她不见了。大概是回了家，大概是。临走的那一天，我与她在海棠树下——花开已残，一树的油绿叶儿，小绿海棠果顶着些黄须——彼此看着脸上的红潮起落，不知起落了多少次。我们都懒得说话。眼睛交谈了一切。"

② "她不见了，"他说得更快了。"自然懒得去打听，更提不到去找她。想她的时候，我便在海棠树下静卧一天。第二年花开的时候，她没来，花一点也不似去年那么美了，蜂声更讨厌。"

这回他是对着瓶口灌了一气。

"又看见她了，已长成了个大姑娘。但是，但是，"他的眼似乎不得力的眨了几下，微微有点发湿，"她变了。她一来到，我便觉出她太活泼了。她的话也很多，几乎不给我留个追想旧时她怎样静美的机会了。到了晚间，她偷偷的约我在海棠树下相见。我是日落后向不轻动一步的，可是我答应了她；爱情使人能不懒了，你是个聪明人。我不该赴约，可是我去了。她在

❶ 环境描写
烘托了宁静祥和的气氛，花片静静落在脸上，温暖的春风吹拂着，懒人和他心爱的人享受着这一时刻。

❷ 语言描写
懒人喜欢那个女孩，却因为懒惰而错失了，因为没有了她，懒人的心情也变坏了，美丽的景色不再如从前迷人了。

树下等着我呢。'你还是这么懒？'这是她的第一句话，我没言语。'你记得前几年，咱们在这花下？'她又问，我点了点头——出于不得已。'唉！'她叹了一口气，'假如你也能不懒了；你看我！'我没说话。'其实你也可以不懒的；假如你真是懒得到家，为什么你来见我？你可以不懒！咱们——'①她没往下说，我始终没开口，她落了泪，走开。我便在海棠下睡了一夜，懒得再动。她又走了。不久听说她出嫁了。不久，听说她被丈夫给虐待死了。懒是不利于爱情的。但是，她，她因不懒而丧了一朵花似的生命！假如我听她的话改为勤谨，也许能保全了她，可也许丧掉我的命。假如她始终不改懒的习惯，也许我们到现在还是同卧在海棠花下，虽然未必是活着，可是同卧在一处便是活着，永远的活着。只有成双作对才算爱，爱不会死！"

"到如今你还想念着她？"我问。

②"哼，那就是那次破了懒戒的惩罚！一次不懒，终身受罪；我还不算个最懒的人。"他又卧在床上。

我将酒瓶挪开。他又说了话：

"假如我死去——虽然很懒得死——请把我埋在海棠花下，不必费事买棺材。我懒得理想，可是既提起这件事，我似乎应当永远卧在海棠花下——受着永远的惩罚！"

过了些日子，我果然将他埋葬了。在上边临时种了一株海棠；有海棠树的人家没有允许我埋人的。

（原载于1933年3月15日至17日天津《益世报·语林》第144—146期）

---

❶ 动作描写

女孩希望懒人不再懒惰，这样他们就可以在一起，可是懒人并不愿意改变，她只能失望而伤心地离开了。

❷ 语言描写

懒人的话表明他还想念着那个女子，他觉得这是对自己勤快了一次的惩罚。

精华赏析

懒人懒得说,懒得记,也懒得领文凭……世间的一切纷繁都入不了他的脑海,他坚持着自己的懒,谁也改变不了他,而他最不懒的事情便是喜欢上了一个女子。

延伸思考

1. 懒人的妈妈是怎么样的?
2. 什么可以使懒人不懒?
3. 懒人为什么要托朋友以后将自己葬在海棠花下?

相关链接

文中的懒人从始至终都是懒的,他也因为自己的懒,错过了心爱的女子。如果他不懒……

不远千里而来

名师导读

听说榆关失守，王先生马上想要离开北平，还宣称自己是为了寻找爱人结婚，实际上他不过是贪生怕死罢了。

听说榆关失守，王先生马上想结婚。在何处举行婚礼好呢。天津和北平自然不是吉地，香港又嫌太远。况且还没找到爱人。最好是先找爱人。不过这也有地方的问题在内：在哪里找呢？在兵荒马乱的地方虽然容易找到女人，可是婚姻又非"拍拍脑袋算一个"的事。还是得到歌舞升平的地方去。①于是王先生便离开北平；一点也不是怕日本鬼子。

王先生买不到车票，东西两站的人就像上帝刚在站台上把他们造好似的，谁也不认识别处，只有站台和火车是圣地，大家全钉在那里。由东站走，还是由西站走，王先生倒不在乎；他始终就没有定好目的地：上哪里去都是一样，只要躲开北平就好——谁要怕日本谁是牛，不过，万一真叫王先生受点险，谁去结婚？东站也好，西站也好，反正得走。买着票也走，买不着票也走，一走便是上吉。

❶叙述

这里点明了王先生离开北平的原因，有一种欲盖弥彰的意味，具有讽刺性。

①王先生急中生智，到了行李房，要把自己打行李票：人而当行李，自然可以不必买车票了。行李房却偏偏不收带着腿的行李！无论怎说也不行；王先生只能骂行李房的人没理性，别无办法。

有志者事竟成，王先生并不是没志的废物点心。他由正阳门坐上电车，上了西直门。在那里一打听，原来西直门的车站是平绥路的。王先生很喜欢自己长了经验，而且深信了时势造英雄的话。假如不是亲身到了西直门，他怎能知道火车是有固定的路线，而不是随意溜达着玩的？可是，北方一带全不是吉地，这条路是走不得的。这未免使他有点不痛快。上哪儿去呢？不，还不是上哪里去的问题，而是哪里有火车坐呢？还是得上东站或西站，假如火车永远不开，也便罢了；只要它开，王先生就有走开的可能。买了些水果，点心，烧酒，决定到车站去长期等车："小子，咱老王和你闭了眼啦，非走不可！就是坐烟筒也得走！"王先生对火车发了誓。

又回到东站，因为东站看着比西站体面些；预备作新郎的人，事事总得要个体面。等了五小时，连站台的门也没挤进去！王先生虽然着急，可是头脑依然清楚：②"只要等着，必有办法；况且即使在等着的时节，日本兵动了手，到底离着车站近的比较的有逃开的希望。好比说吧，枪一响，开火车的还不马上开车就跑？那么，老王你也便能跳上车去一齐跑，根本无须买票。一跑，跑到天津，开车的一直把火车开到英租界大旅社的前面；跳下来，拍！进了旅馆；喝点咖啡，擦擦脸，车又开了，一开开到南京，或是上海；"今夜晚前后厅灯光明亮——"王先生唱开了"二簧"。

又等了三点钟，王先生把所知道的二簧戏全唱完，还是没有挤进站台的希望。人是越来越多，把王先生拿着的苹果居然挤碎了一个。可是人越多，王先生的心里越高兴，一来是因为人多胆大，就是等到半夜去，也不至于怕鬼。二来是人多了即

❶叙述

为了坐上火车，王先生竟然想要把自己当作行李，这荒谬的行为令人发笑，也反映出了他的害怕和急切。

❷心理描写

王先生的思路很清晰，写出了他逃离北平的决心。

❶心理描写
生动地写出了王先生此时的心理，看着一堆人排在他后面，他反而自我安慰起来。

❷侧面描写
有位先生把痰吐在了王先生鞋子上，王先生回敬了一口，可见他心胸极其狭窄。

使掉下炸弹来，也不能只炸死他一个；大家都炸得粉碎，就是往阴曹地府走着也不寂寞。① 三来是后来的越多，王先生便越减少些关切；自己要是着急，那后来的当怎么着呢，还不该急死？所以他越看后方万头攒动，他越觉得没有着急的必要。可是他不愿丢失了自己已得到的优越，有人想把他挤到后面去，王先生可是毫不客气的抵抗。他的胳臂肘始终没闲着，有往前挤的，他便是一肘，肋骨上是好地方；胸口上便差一点，因为胸口上肘得过猛便有吐血的危险，王先生还不愿那么霸道，国难期间使同胞吐了血，不好意思；肋骨上是好地方；王先生的肘都运用得很正确。

车开走了一列。王先生更精神了。有一列开走，他便多一些希望；下列还不该他走吗？即使下列还不行，第三列总该轮到他了，大有希望。忍耐是美德，王先生正体行这个美德；在车站睡上三夜两夜的也不算什么。

旁边一位先生把一口痰吐在王先生的鞋上。② 王先生并没介意，首要的原因是四围挤得太紧，打架是无从打起，于是连骂也都不必。照准了那位先生的衣襟回敬了一口，心中倒还满意。

天是黑了。问谁，都说没有夜车。可是明天白昼的车若不连夜等下去便是前功尽弃。好在等通夜的大有人在，王先生决定省一夜的旅馆费。况且四围还有女性呢，女人可以不走，男人要是退缩，岂不被女流耻笑！王先生极勇敢的下了决心。牺牲一切，奋斗到底！他自己喊着口号。

一夜无话，因为冻了个半死。苦处不小，可是为身为国还说不上不受点苦。自然人家有势力的人，可以免受这种苦，可是命是不一样的，有坐车的就得有拉车的；都是拉车的，没有坐车的，拉谁？有势力的先跑，有钱的次跑，没钱没势的不跑等死。王先生究竟还不是等死之流，就得知足。受点苦还要抱怨么？火车分头二三等，人也是如此。就是别叫日本鬼子捉住，好，捉了去叫我拉火车，可受不了！一夜虽然无话，思想照常精密；况且有瓶烧酒，脑子更受了些诗意的刺激。

第二天早晨，据旁人说，今天不一定有车。王先生拿定主意，有车无车给它个死不动窝。焉知不是诈语！王先生的精明不是诈语所能欺得过的。一动也不动；一半也是因为腿有点发麻。

① 绝了粮，活该卖馒头的发点财，一毛钱两个。贵也得吃，该发财的就发财，该破财的就破财，胳臂拧不过大腿去，不用固执。买馒头。卖馒头的得踩着人头才能递给他馒头，也不容易；连不买馒头的也不容易，大家不容易，彼此彼此，共赴国难。卖馒头的发注小财，等日本人再抢去，也总得算报应，可也替他想不出好办法：自己要是有馒头卖，还许一毛钱"一"个呢？

一直等到四点，居然平浦特别快车可以开。王先生反觉得事情不应当这么顺利；才等了一天一夜！可是既然能走了，也就不便再等。

上哪儿去呢？

上海也并不妥当，古时候不是十九路军在上海打过法国鬼子吗？虽然打得鬼子跪下央告"中国爷爷"，可是到底飞机扔开花弹，炸死了不少稻香村的伙计，人肠子和腊肠一齐飞上了天！上海要是不可靠，南京便更不要提，南京没有租界地呀！江西有共产党：躲一枪，挨一刀，那才犯不上！

② 前边那位买济南府，二等。好吧，就是济南府好了。济南惨案不知道闹着没有？到了再说，看事情不好再往南跑，好主意。

买了二等票，可是得坐三等车，国难期间，车降一等。还不对，是这么着：不买票的——自然是有势力的——坐头等。买头等的坐二等。买二等的坐三等。买三等的拿着票地上走，假如他愿意运动运动的话；如若不愿意运动呢，可以拿着车票回去住两天，过两天再另买票来。王先生非常得意，因为神差鬼使买了二等票；坐三等无论怎说是比地上走强的。

车上已经挤死了两位；谁也不敢再坐下，只要一坐下就不

❶ 叙述

国难当前，人们纷纷外逃，卖馒头的更是利用这个机会大赚了一笔，可见这些人的愚昧软弱。

❷ 心理描写

前面的人去济南府，王先生也跟着去济南府，可见他的盲目和从众心理，也突显了他的愚昧。

❶ 比喻

　　王先生要净鼻子，他只是用力一激，鼻涕像两筒火山的岩汁喷出，落到了前面客人的身上，可见他对别人的不尊重。

❷ 夸张

　　车在天津并没有停很久，但是人们心中的恐慌和害怕使他们度日如年，因此感觉有"一个多世纪"那么久。

　　用想再立起来，专等着坐化。王先生根本就没想坐下。他的地方也不错，正在车当中，车一歪，靠窗的人全把头碰在车板上，而他只把头碰在人们的身上。他前后的客人也安排得恰当——老天爷安排的，当然是——前面的那位身量很小，王先生的下巴正好放在那位的头上休息一下。后面的那位身体很胖，正好给王先生做个围椅，而且极有火力。①王先生要净一净鼻子，手当然没法提上来，只须把前面客人的头当炮架子，用力一激，两筒火山的岩汁就会喷出，虽喷出不很远，可是落在人家的脊背上。王先生非常的满意。

　　车到了天津，没有一位敢下车活动活动的，而异口同声的骂："怎么还不开车？王八旦的！"天津这个地名听着都可怕，何况身临其境，而且要停一点多钟。大家都不敢下车，连站台上都不敢偷看一眼；万一站台上有个日本小鬼，和你对了眼光，不死也得大病一场！由总站开老站，由老站开总站，你看这个麻烦劲！等雷呢！大家是没见着站长，若是见着，一人一句也得把他骂死了。"《大公报》来——""新小说——"真有不怕死的，还敢在这儿卖东西；早晚是叫炸弹炸个粉碎！不知死的鬼！

　　②等了一个多世纪，车居然会开了。大家仍然连大气不敢出，直等到天津的灯光完全不见了，才开始呼吸，好像是已离开了鬼门关，下一站便是天堂。到了沧州，大家的腿已变成了木头棍，可是心中增加了喜气。王先生的二簧又开了台。天亮以前到了德州，大家决定下去买烧鸡，火烧，鸡子，开水；命已保住，还能不给它点养料？

　　王先生不能落后，打着交手仗，练着美国足球，耍着大洪拳，开开一条血路，直奔烧鸡而去。王先生奔过去，别人也奔过去，卖鸡的就是再长一双手也伺候不过来。杀声震耳，慷慨激昂，不吃烧鸡，何以为人？王先生"抢"了一只，不抢便永无到手之日。抢过来便啃，哎呀，美味，德州的烧鸡，特别在天还未亮之际，真有些野意！要不怎么说，国家也不应当永远平平安安的；国家平安到哪儿去找这种野意，守站的巡警与兵们急了，①因为一个卖烧饼的小儿被大家给扯碎了，买了烧饼还饶着卖烧饼小儿一只手，或一个耳朵。卖烧饼小儿未免死得惨一些，可是从另一方面说，大家的热烈足证人心未死。巡警们急了，抡开了十三节钢鞭，大打而特打，打得大家心中痛快，头上发烧，口中微笑。巡警不打人，要巡警干什么？大家不挨打，谁挨打？难道日本人来挨打？打吧，反正烧鸡不到手，誓不退缩。前进；王先生是鸡已入肚一半，不便再去冲锋，虽然只挨了一鞭，不大过瘾，可是打要大家分挨，未便一人包办，于是得胜回车。

车是上不去了。车门就有五十多位把着。出来的时候是由内而外，比较的容易。现在是由外而内，就是把前层的挤退一步，里边便更堵得结实，不亚如铜墙铁壁，焉能挤得进去，况且手内还拿着半只烧鸡，一伸手，嗐，丢了一口鸡身，未入车而鸡先失去一口，大不上算。王先生有点着急。

到底是中华的人民，黄帝的子孙，凡事有个办法。听，有人宣言："来呀把谁从车窗塞进去？一块钱！"王先生的脑子真快，应声而出："六毛，干不干？""八角大洋，少了不干！""来吧，"连半只烧鸡带王先生全进了窗门，很有趣味，可宝贵的经验：最好是头在内而脚仍悬在外边的时节，身如春燕，矫健轻灵。最后一个鲤鱼打挺，翩然而下，头碰了个大包。②八毛钱付过，王先生含笑不言，专等开车。有四十多位没能上来，虽然可以在站台上饱食烧鸡，究竟不如王先生的既食且走，一群笨蛋！

太阳出来，济南就在眼前，十分高兴。过黄河铁桥，居然看见铁桥真是铁的。一展眼到了济南站，急忙下车，越挤越忙，以便凑个热闹，不冤不乐。挤出火车，举目观看，确是济南，白牌上有大黑字为证；仍怕不准，又细看了一番，几面白牌均题同样地名，缓步上了天桥；既然不拥挤，故须安走勿慌，直

❶叙述
只是去买个烧饼，卖烧饼的小儿却被大家扯碎了，可见人们的疯狂。

❷对比
王先生付了八毛钱被人从窗门拉上了火车，另外四十多位却没能挤上火车，王先生为自己的快速反应暗自得意起来。

❶叙述

王先生家中还有老婆，自己却独自逃离了北平，留老婆自己在那，还要去寻找所谓的爱人，可见他的无耻、懦弱。

到听见收票员高喊："妈的快走！"才想起向身上各处搜找车票。

出了车站，想起婚姻大事。①可是家中还有个老婆，不免先写封平安家信，然后再去寻找爱人。一路上低吟："爱人在哪里？爱人在哪里？"亦自有腔有韵。

下了旅馆，写了平安家信，吃了汤面；想起看报。北平还未被炸，心中十分失望。睡了一觉，出去寻求爱人。

（原载于1933年5月1日《论语》第16期）

精华赏析

文中的王先生胆小懦弱，听说榆关失守就匆忙外逃，甚至为了早点离开，还尝试了把自己当行李而省去买票的环节，简直荒谬可笑。而他所说的寻找爱人不过是为了遮掩自己的所作所为的遮羞布。

延伸思考

1.王先生为什么要离开北平？
2.王先生想到哪寻找爱人？
3.为什么巡警打人，大家还很痛快？

相关链接

王先生说去寻找自己的爱人，实际上却连爱人在哪、是谁都不知道，可见这个说辞只是个幌子。而他扔下老婆独自离开了北平的行为更是令人气愤。

番　表

——在火车上

名师导读

一位男子多次要求茶房到天津了告诉自己一声，却不是为了在天津下车，反而从天津站迎上来一个人。这是怎么回事？

我俩的卧铺对着脸。他先到的。我进去的时候，他正在和茶房捣乱；非我解决不了。我买的是顺着车头这面的那张，他的自然是顺着车尾。①他一定要我那一张，我进去不到两分钟吧，已经听熟了这句："车向哪边走，我要哪张！"茶房的一句也被我听熟了："定的哪张睡哪张，这是有号数的！"只看我让步与否了。我告诉了茶房："我在哪边也是一样。"

他又对我重念了一遍："车向哪边走，我就睡哪边！"

"我翻着跟头睡都可以！"我笑着说。

他没笑，眨巴了一阵眼睛，似乎看我有点奇怪。

他有五十上下岁，身量不高，脸很长，光嘴巴，唇稍微有点包不住牙；牙很长很白，牙根可是有点发黄，头剃得很亮，眼睛时时向上定一会儿，像是想着点什么不十分要紧而又不愿忽略过去的事。想一会儿，他摸摸行李，或掏掏衣袋，脸上的

❶ 语言描写

生动形象地写出了他的自私，不管合不合理，他只想着自己的便利。

神色平静了些。他的衣裳都是绸子的，不时髦而颇规矩。

对了，由他的衣服我发现了他的为人，凡事都有一定的讲究与规矩，一点也不能改。睡卧铺必定要前边那张，不管是他定下的不是。

车开了之后，茶房来铺毯子。他又提出抗议，他的枕头得放在靠窗的那边。在这点抗议中，他的神色与言语都非常的严厉，有气派。① 枕头必放在靠窗那边是他的规矩，对茶房必须拿出老爷的派头，也是他的规矩。我看出这么点来。

车刚到丰台，他嘱咐茶房："到天津，告诉我一声！"

看他的行李，和他的神气，不像是初次旅行的人，我纳闷为什么他在这么早就张罗着天津。又过了一站，他又嘱咐了一次。茶房告诉他："还有三点钟才到天津呢。"这又把他招翻："我告诉你，你就得记住！"等茶房出去，他找补了声："混帐！"

骂完茶房混帐，他向我露了点笑容；我幸而没穿着那件蓝布大衫，所以他肯向我笑笑，表示我不是混帐。② 笑完，他又拱了拱手，问我"贵姓？"我告诉了他；为是透着和气，回问了一句，他似乎很不愿意回答，迟疑了会儿才说出来。待了一会儿，他又问我："上哪里去？"我告诉了他，也顺口问了他。他又迟疑了半天，笑了笑，定了会儿眼睛："没什么！"这不像句话。我看出来这家伙处处有谱儿，一身都是秘密。旅行中不要随便说出自己的姓、职业，与去处；怕遇上绿林中的好汉；这家伙的时代还是《小五义》的时代呢。我忍不住的自己笑了半天。

到了廊坊，他又嘱咐茶房："到天津，通知一声！"

"还有一点多钟呢！"茶房瞭他一眼。

这回，他没骂"混帐"，只定了会儿眼睛。出完了神，他慢慢的轻轻的从铺底下掏出一群小盒子来：一盒子饭，一盒子煎鱼，一盒子酱菜，一盒子炒肉。叫茶房拿来开水，把饭冲了两过，而后又倒上开水，当作汤，极快极响的扒搂了一阵。这

---

❶ 叙述

他十分讲究规矩，心中只有自我，而且对茶房的态度十分严厉，摆着一副老爷派头，根本不讲情面。

❷ 语言描写

他面对"我"这个同行的人，多方面探问，却不愿意把自己的信息告诉"我"，随时提防着。

一阵过去，偷偷的夹起一块鱼，①细细的咂，咂完，把鱼骨扔在了我的铺底下。又稍微一定神，把炒肉拨到饭上，极快极响的又一阵。头上出了汗。喊茶房打手巾。

吃完了，把小盒中的东西都用筷子整理好，都闻了闻，郑重的放在铺底下，又叫茶房打手巾。擦完脸，从袋中掏出银的牙签，细细的剔着牙，剔到一段落，就深长饱满的打着响嗝。

"快到天津了吧？"这回是问我呢。

"说不甚清呢。"我这回也有了谱儿。

"老兄大概初次出门？我倒常来常往！"他的眼角露出轻看我的意思。

"嗳，"我笑了："除了天津我全知道！"

他定了半天的神，没说出什么来。

查票。他忙起来，从身上掏出不知多少纸卷，一一的看过，而后一一的收起，从衣裳最深处掏出，再往最深处送回，我很怀疑是否他的胸上有几个肉袋。最后，他掏出皮夹来，很厚很旧，用根鸡肠带捆着。从这里，他拿出车票来，然后又掏出个纸卷，从纸卷中检出两张很大，盖有血丝胡拉的红印的纸来。②一张写着——我不准知道——像蒙文，那一张上的字容或是梵文，我说不清。把车票放在膝上，他细细看那两张文书，我看明白了：车票是半价票，一定和那两张近乎李白醉写的玩艺有关系。查票的进来，果然，他连票带表全递过去。

下回我要再坐火车，我当时这么决定，要不把北平图书馆存着的档案拿上几张才怪！

③车快到天津了，他忙得不知道怎好了，眉毛拧着，长牙露着，出来进去的打听："天津吧？"仿佛是怕天津丢了似的。茶房已经起誓告诉他："一点不错，天津！"他还是继续打听。入了站，他急忙要下去，又不敢跳车，走到车门又走了回来。刚回来，车立定了，他赶紧又往外跑，恰好和上来的旅客与脚夫顶在一处，谁也不让步，激烈的顶着。在顶住不动的工夫，

❶动作描写

他自己讲究，却没有公德心，把吃完的鱼骨头往"我"的铺底下扔，显出其自私。

❷叙述

他拿出了两张有红印的纸出来，上面的字像是蒙文或梵文，引出了下文的购买番表事件。

❸神态描写

生动形象地写出了男子的焦虑不安，还没到天津，他就格外紧张起来了。

❶对比

他对茶房、"我"和脚夫的态度，或是不屑、鄙夷、不尊重，或是冷淡、提防，而面对凤老却格外热情。

❷动作描写

每次凤老要说出点关于他的事情的时候，他就会"瞭我一眼"，可见他对"我"的提防和不信任。

他看见了站台上他所要见的人。他把嘴张得像无底的深坑似的，拚命的喊："凤老！凤老！"

凤老摇了摇手中的文书，他笑了；一笑懈了点劲，被脚夫们给挤在车窗上绷着。绷了有好几分钟，他钻了出去。① 看，这一路打拱作揖，双手扯住凤老往车上让，仿佛到了他的家似的，挤撞拉扯，千辛万苦，他把凤老拉了上来。忙着倒茶，把碗中的茶底儿泼在我的脚上。

坐定之后，凤老详细的报告：接到他的信，他到各处去取文书，而后拿着它们去办七五折的票。正如同他自己拿着的番表，只能打这一路的票；他自己打到天津，北宁路；凤老给打到浦口，津浦路；京沪路的还得另打；文书可已经备全了，只须在浦口停一停，就能办妥减价票。说完这些，凤老交出文书，这是津浦路的，那是京沪路的。这回使我很失望，没有藏文的。张数可是很多，都盖着大红印，假如他愿意卖的话，我心里想，真想买他两张，存作史料。

他非常感激凤老，把文书车票都收入衣服的最深处，而后从枕头底下搜出一个梨来，非给凤老吃不可。由他们俩的谈话中，② 我听出点来，他似乎是司法界的，又似乎是作县知事的，我弄不清楚，因为每逢凤老要拉到肯定的事儿上去，他便瞭我一眼，把话岔开。凤老刚问到，唐县的情形如何，他赶紧就问五嫂子好？凤老所问的都不得结果，可是我把凤老家中有多少人都听明白了。

最后，车要开了，凤老告别，又是一路打拱作揖，亲自送下去，还请凤老拿着那个梨，带回家给小六儿吃去。

车开了，他扒在玻璃上喊："给五嫂子请安哪！"

车出了站，他微笑着，掏出新旧文书，细细的分类整理。整理得差不多了，他定了一会儿神，喊茶房："到浦口，通知一声！"

（原载于1936年10月《谈风》第1期）

精华赏析

男子多次要求茶房在到天津的时候告诉自己，却是为了在那里弄到少数民族的文书，好买到打折的火车票。"番表"原本指外国人呈给天朝的奏章，文中用来形容他弄到的文书，讽刺意味十足。

延伸思考

1. 他是一个怎么样的人？
2. 他为什么要茶房在火车到天津的时候告诉他一声？
3. 他对凤老为什么那么热情？

相关链接

他是个颇有"规矩"的人，自己定下的"规矩"就必须遵守，不管合不合理。他带的饭食一个个分开，却把吃后的鱼骨乱扔到"我"的床铺底下。他看不起茶房、脚夫和"我"，自己却为了买打折火车票大费周章，可笑、可叹。

民主世界

名师导读

金光镇是一个民主的世界，官员、"绅士"、富人们都讲民主、讲法治，但这样的民主和我们所以为的民主似乎有些不同。

一

我们这里所说的"世界"，事实上不过是小小的一个乡镇，在战前，镇上也不过只有几十户人家；它的"领空"，连乌鸦都不喜轻易的飞过，因为这里的人少，地上也自然没有多余的弃物可供乌鸦们享用的。

①可是从抗战的第二年起，直到现在，这小镇子天天扩大，好像面发了酵似的一劲儿往外膨胀，它的邮政代办所已改了邮局，它的小土地祠已变为中学校，它的担担面与抄手摊子已改为锅勺乱响的饭馆儿，它有了新的街道与新的篾片涂泥的洋楼。它的老树上已有了栖鸦。它的住户已多数的不再头缠白布，赤脚穿草鞋，而换上了呢帽与皮鞋，因为新来的住户给它带来香

❶比喻
将小镇的扩大比作面发酵，生动形象地写出了小镇发展速度之快以及变化之大。

港与上海的文化。① 在新住户里，有的是大公司的经理，有的是立法院或监察院的委员，有的是职业虽不大正常，倒也颇发财，冬夏常青的老穿着洋服唧当的。

我们就把这镇子，叫作金光镇吧。它的位置，是在重庆郊外。不过把它放在成都，乐山，或合川附近，也无所不可。我们无须为它去详查地图和古书，因为它既不是军事要地，也没有什么秦砖汉瓦和任何古迹的。它的趣味，似乎在于"新"而不在于"旧"。若提到"旧"，那座小土地祠，或者是唯一的古迹，而它不是已经改为中学校，连神龛的左右与背后，都贴上壁报了么？

因此，我们似乎应当更注意它的人事。至于它到底是离重庆有二十或五十里地，是在江北岸还是南岸，倒没多大关系了。

好，让我们慢慢的摆龙门阵似的，谈谈它的人事吧。说到人事，我们首要的注意到这里的人们的民主精神。将来的世界，据说，是民主的世界。那么，金光镇上的人们，既是良好的公民，又躲藏在这里参与了民主与法西斯的战斗，而且是世界和平的柱石，我们自然没法子不细看看他们的民主精神了。

我们想起什么，就说什么，次序的先后是毫不重要的；在民主世界里，不是人人事事一律平等的么？

② 让我们先说水仙馆的一个小故事吧。

水仙馆是抗战第四年才成立的一个机关。这是个学术研究，而又兼有实验实用的机关。设有正副馆长，和四科，每科各有科长一人，科员若干人；此外还有许多干事，书记，与工友。四科是总务科，人事科，研究科，与推广科。总务科与人事科的事务用不着多说，因为每个机关，都有这么两科。研究科是专研究怎样使四川野产的一包一茎的水仙花，变成像福建产的大包多茎的水仙花，并且搜集中外书籍中有关于水仙的记载，作一部水仙大辞典。这一科的科员，干事，书记与工友比别科

❶ 排比

通过排比句式介绍了新住户的不同身份，从侧面写出了小镇的发展，增强了语势。

❷ 过渡

前文作者简单介绍了小镇的变化情况和如今的样貌，通过这句话过渡到水仙馆的情况。

多着两三倍,因为工作繁重紧要。这一科里的科员,乃至于干事,都是学者。他们的工作目的是双重的。第一,是为研究而研究;研究水仙花正如同研究苹果、小麦与天上的彗星;研究是为发扬真理,而真理无所不在。第二,是为改良水仙花种,可以推销到各省,甚至于国外去,以便富国裕民。假若他们在水仙包里,能发现一种维他命,或者它就可以和洋芋与百合,异曲同工,而增多了农产。

研究的结果,由推广科去宣传、推销,并与全世界的水仙专家,交换贤种。

① 水仙馆自成立到现在,还没有找到一棵水仙。馆长是蒙古人,没看见过水仙,而研究员们所找到的标本,一经签呈上去,便被馆长批驳:"其形如蒜,定非水仙,应再加意搜集鉴别。"

副馆长呢,是山东人,虽然认识水仙,可是"其形如蒜"一语,伤了他的心。山东人喜欢吃蒜,所以他以为研究与蒜相似的东西,是有意讽刺他。因此,他不常到馆里来,而只把平价米领到家中去,偷偷的在挑拣稗子的时候,吃几瓣大蒜。

② 馆里既然连一件标本还没有,大家的工作自然是在一天签两次到,和月间领薪领米之外,只好闲着。在闲得腻烦了的时候,大家就开一次会议;会议完了,大家都感到兴奋与疲乏,而且觉得平价米确实缺乏着维他命的。

不过,无论怎么说吧,这个机关,比起金光镇的其他机关,总算是最富于民主精神的,因为第一,这里有许多学者,而学者总是拥护自由与平等的,第二,馆长与副馆长,在这三四年来,只在发脾气的时候,用手杖打过工友们的脑壳,而没有打过科长科员,这点精神是很可佩服的。

在最近的两次会议上,大家的民主精神,表现得特别的明显。第一次会议,由研究科的科长提议:"以后工友对职员须改呼老爷以别尊卑,而正名位。"提案刚一提出,就博得出席

❶ 语言描写

馆长没见过水仙,却对别人找来的标本直接否认,觉得外形像蒜的一定不是水仙,可见其行为的荒谬。

❷ 叙述

研究水仙的水仙馆连一件水仙标本都没有,大家每天无所事事,只能靠着开会振奋自己。

人员全体的热烈拥护。大家鼓掌，并且做了一分钟的欢呼。议案通过。

第二次会议，由馆长提议，大门外增设警卫。他的理由充足，说明议案的词藻也极漂亮而得体："诸位小官们，本大官在这金光镇上已住了好几年，论身分，官级，学问，本大官并不比任何人低；可是，看吧，警察分队长，宪兵分队长，检查站站长，出恭入敬的时候，都有人向他们敬礼，敬礼是这样的，两个鞋后跟用力相碰，身子笔直，双目注视，把右手放在眉毛旁边。（这是一种学问，深恐大家不晓得，所以本大官稍加说明。）就是保长甲长，出门的时候，也有随从。本大官，"馆长声音提高，十分动感情的说："本大官为了争取本馆的体面，不能不添设馆警；有了馆警，本大官出入的时候，就也有鞋后跟相碰，手遮眉毛的声势。①本大官十二万分再加十二万分的相信，这是必要的，必要的，必要的！"馆长的头上出了汗；坐下，用手绢不住的擦脑门。

照例，馆长发言以后，别人都要沉默几分钟。水仙馆的（金光镇的也如此）民主精神是大官发表意见，小官们只能低头不语。

副馆长慢慢的立起来："馆长，请问：馆警是专给馆长一个人行礼呢，还是给大家都行礼呢？"

副馆长这一质问，使大家不由的抬起头来，他既是山东人，敢说话，又和本镇上宪兵队长是同乡，所以理直气壮，连馆长都惧怕他三分。

"这个……"馆长想了一会儿。"这好办！本馆长出入大门警察须碰两次鞋跟，遮两次眉毛。副馆长出入呢，就只碰一次，遮一次，以便有个区别。"

②副馆长没再说什么，相当的满意这个办法。

大家又低头无语。

"这一案做为通过！"馆长发了命令。

❶重复

馆长连用三个"必要的"强调增设警卫是十分重要的事情，这一行为看似充满"人道主义"关怀，实则是出于个人私利。

❷叙述

副馆长的质问看似"民主"，实际上也只考虑了自己，当他的权益得到保证，他便不说话了。

大家依然低头不语，议案通过。

这可惹起来一场风波。散会后，研究科的学者们由科长引衔全体辞职。①他们都是学者，当着馆长的面，谁也不肯发言，可是他们又决定不肯牺牲了享受敬礼的尊严，所以一律辞职。他们也晓得假若辞职真照准的话，他们会再递悔过书的。

馆长相当的能干，把这件事处理得很得法。他挽留大家，而给科长记了一过。同时，他撤销了添设门警的决议案，而命令馆长室的工友："每天在我没来到的时候，你要在大门外等着；我一下滑竿，你要敬礼，而后高声喊：馆长老爷到！等到我要出去的时节，你必须先跑出大门去，我一出门，你要敬礼，高声喊：馆长老爷去！看情形，假若门外有不少的过路的人，你就多喊一两声！"

工友连连的点头称是。"可是，馆长老爷，我的事情不就太多了吗？"

"那，我叫总务科多派一个工友帮助你就是了！"

这样，一场小小的风波，就平静无事了。在其中充分的表现了民主精神，还外带着有点人道主义似的。

二

在我们的这个民主世界——金光镇——里，要算裘委员最富于民主精神。他是中央委员，监察委员，还是立法委员，没人说得清。我们只知道他是委员，而且见面必须高声的叫他裘委员；②我们晓得，有好几个无知的人曾经吃过他的耳光，因为他们没高声的喊委员。

裘委员很有学问。据说，他曾到过英美各民主国家考察过政治；现在，他每逢赶场（金光镇每逢一四七有"场"），买些地瓜与红苕之类的东西，还时时的对乡下人说一两个英文字，

❶叙述

研究科的学者们不敢在会上当着馆长的面发言，但也不愿为此丢了脸面，用辞职的方式作为抗议。

❷叙述

有人因为没有高声喊裘委员，就被裘委员打耳光，但文中却说他"最富于民主精神"，可见这是对他的反讽。

使他们莫名其妙。

不过，口中时时往外跳洋字，还是小焉者也。裘委员的真学问却是在于懂得法律与法治。① "没有法治的精神，中国是不会强起来的！"这句话，差不多老挂在他的嘴边上。

他处处讲"法"。他的屋中，除了盆子罐子而外，都是法律书籍，堆得顶着了天花板。那些满印着第几条第几款，使别人看了就头疼的书，在裘委员的眼中就仿佛比剑侠小说还更有趣味。他不单读那些"天书"，而且永远力求体行。他的立身处世没有一个地方不合于法的。他家中人口很少，有一位太太一位姨太太两个儿子。他的太太很胖。大概因为偏重了肌肉的发展，所以她没有头发。裘委员命令她戴上假头发——在西洋，法官都需头罩发网的，他说。② 按法律上说，他不该娶姨太太。于是他就自己制定了几条法律，用恭楷写好，贴在墙上，以便给她个合法的地位。他的两位少爷都非常的顽皮，不好管教。裘委员的学问使他应付裕如，毫无困难。他引用了大清律，只要孩子们斜看他一眼，就捆打二十。这样，孩子们就越来越淘气，而且到处用粉笔写出"打倒委员爸爸"的口号。为这个，裘委员预备下一套夹棍，常常念道："看大刑伺候！"向儿子们示威。

裘委员这点知法爱法的精神博得了全镇人士的钦佩。有想娶姨太太的，必先请他吃酒，而把他自己制定的姨太太法照抄一份，贴在门外，以便取得法律的根据。有的人家的孩子们太淘气，也必到委员家中领取大清律，或者甚至借用他的那套夹棍，给孩子们一些威胁。

这样，裘委员成为全镇上最得人缘的人。假若有人不买他的账，他会引用几条律法，把那个家伙送到狱中去的。他的法律知识与护法的热诚使他成了没有薪俸的法官。他的法律条款与宪书上的节气（按：系指历书上的二十四节而言），成为金

❶ 语言描写

裘委员是个懂得法律、法治的人，他更是时时刻刻把法治挂在嘴边，但他讲"法"却是为了用法律做利于自己的事。

❷ 叙述

法律上不允许娶姨太太，裘委员却知法犯法娶了不说，还为自己娶姨太太制定了法律，多么荒谬！

光镇中必不可少的东西。

虽然裘委员的威风如此之大，可是在抗战中他也受了不少委屈。看吧！裘委员的饭是平价米煮的，而饭菜之中就每每七八天见不着一根肉丝。①鸡蛋已算是奢侈品，只有他自己每天早晨吃两个，其余的人就只能看看蛋皮，咽口吐沫而已。说到穿呢，无冬无夏的，他总穿着那套灰布中山装；假若没有胸前那块证章，十之八九他会被看作机关上的工友的。这，他以为，都是因为我们缺乏完善的法律。假若法律上定好，委员须凭证章每月领五只鸡，五十斤猪肉，三匹川绸，几双皮鞋，他一定不会给国家丢这份脸面的。

特别使他感到难过的是住处。我们已经说过：金光镇原本是个很小的镇子，在抗战中忽然涨大起来的。镇上的房子太不够用。依着裘委员的心意，不管国家怎样的穷，不管前线的士兵有无草鞋穿，也应当拨出一笔巨款，为委员们建筑些相当体面的小洋房，并且不取租钱。可是，政府并没这么办，他只好和别人一样的租房子住了。

凭他的势力与关系，他才在一个大杂院里找到了两间竹篾为墙，茅草盖顶，冬寒夏热，有雨必漏，遇风则摇的房屋。不平则鸣，以堂堂的委员而住这样的猪圈差不多的陋室，裘委员搬来之后就狂吼了三天。②把怒气吼净，他开始布置房中的一切。他叫大家都挤住一间，好把另外的一间做为客厅和书房。他是委员，必须会客，所以必须有客厅。然后，他在客室门外，悬起一面小木牌，写好"值日官某某"。值日官便是他的两位太太与两位少爷。他们轮流当值，接收信件，和传达消息。遇有客人来访，他必躲到卧室里去，等值日官拿进名片，他才高声的说"传"，或"请"；再等客人进了客室，他才由卧室很有风度的出来会客。这叫作"体统"，而体统是法治的基本。

❶对比

抗战时期，鸡蛋很是珍贵，他却每天吃两个，让别人眼巴巴看着，还觉得自己在饭菜上受了委屈。

❷动作描写

镇上的条件并不好，他却为了体面让所有人都挤在了一间房间里，另一间留作客厅和书房，可见他的虚伪与自私。

① 他决定不交房租。他自己又制定了几条法律，首要的一条是："委员住杂院得不交房租。"

杂院里住着七八家子人，有小公务员，有小商人，有小流氓——我们的民主世界里有不少的小流氓，他们的民主精神是欺压良善。

裘委员一搬进来，便和小流氓们结为莫逆。他细心的给他们的行动都找出法律的根据。他也教他们不交房租，以便人多势众，好叫房东服从多数。这是民主精神。

房东是在镇上开小香烟店的，人很老实。他有个比他岁数稍大的太太，一个十三岁的男孩，也都很老实。他们是由河北逃来的。河北受敌人的蹂躏最早，所以他们逃来也最早。那时候，金光镇还没有走红运，房子地亩都很便宜，所以他们东凑西凑的就开了个小店，并且买下了这么一所七扭八歪的破房。金光镇慢慢发达起来，他的生意一天比一天好，而房子，虽然是那么破，也就值了钱。这，使裘委员动了气。他管房东叫奸商，口口声声非告发他不可。房东既是老实人，又看房客是委员，所以只好低头忍气吞声，不敢索要房租。及至别的房客也不交房租了，他还是不敢出声。在他心里，他以为一家三口既能逃出活命，而且离家万里也还没挨饿，就得感谢苍天，吃点亏又算得什么呢。

② 裘委员看明白了房东的心意，马上传来一个小流氓："你去向房东说：房子都得赶紧翻修，竹篾改为整砖，土地换成地板。我是委员，不能住狗窝！要是因为住在这里而损及我的健康，他必受惩罚！这些，都有法律的根据！此外，他该每月送过两条华福烟来。他赚钱，理当供给我点烟。再说，这在律书上也有明文！他要是不答应，请告诉他，这里的有势力的人不是我的同事，就是我的朋友，无论公说私断，都没他的好处。我们这是民主时代，我不能不教而诛，所以请你先去告诉明白

---

❶ 引用

这里引用裘委员自定的法律，说明了他的无耻行为，他所谓的法律只不过是为了维护自己利益而定的规则。

❷ 语言描写

裘委员看房东不敢声张，也不敢反抗，反而得寸进尺，要加倍地欺负他，要他翻修房子和给他供烟。

了他。"

房东得到通知，决定把房子卖出去，免得一天到晚的怄气。

裘委员请来几位"便衣"。① 所谓"便衣"者，不是宪兵，不是警察，也不是特务，而是我们这个小民主世界特有的一种人物。他们专替裘委员与其他有势力的人执行那些私人自定的法律。

房东住在小香烟店里，家中只剩下太太与十三岁的男孩。便衣们把房东太太打了一顿——男人打女人是我们这个小民主世界最合理的事。他们打，裘委员在一旁怒吼："混账！你去打听打听，普天之下有几个委员！你敢卖房？懂法律不懂？混账！"

打完了房东太太，便衣们把他十三岁的男孩子抓了走。"送他去当壮丁！"裘委员呼喝着。"混账！"

房东急忙的跑回来。他是老实人，所以不敢和委员讲理，进门便给委员跪下了。

② "你晓得我是委员不晓得？"裘委员怒气冲冲的问。

"晓得！"房东含着泪回答。

"委员是什么？说！"

"委员是大官！比县太爷还大的大官儿！"

"你还敢卖房不敢？"

"小的该死！不敢了！"

"好吧，把你的老婆送到医院去，花多少医药费照样给我一份儿，她只伤了点肉皮，我可是伤了心，我也需要医药费！"

"一定照送！裘委员放了我的孩子吧，他才十三岁，不够当壮丁的年纪！"房东苦苦的哀求。

"你不懂兵役法，你个混蛋！"

"我不懂！只求委员开恩！"

"拿我的片子，把他领出来！——等等！"

❶ 叙述
"便衣"不是公职人员，而专门替有权有势的人做事情，可见所谓的民主不过是个幌子。

❷ 对话描写
裘委员与房东的对话更突出了裘委员的无耻与房东的老实。

①房东又跪下了。

"从此不准你卖房,不准要房租,还得马上给我翻修房子,换地板!"

"一定办到!"

"你得签字;空口无凭,立字为证!"

"我签字!"

这样,委员与房东的一场纠纷就都依法解决了。这也就可以证明我们的金光镇的确是个民主世界呀。

三

在我们的这个小小的民主世界里,局面虽小,而气派倒很大。只要有机会,无论是一个家庭,还是一个机关,总要摆出它的最大的气派与排场来。也只有这样,这一家或机关才能引起全镇人的钦佩。气派的大小也就是势力的大小,而势力最大的总也就是最有理的。这是我们的民主世界特有的精神,有的人就称之为国粹。

我们镇上的出头露脸的绅士与保甲长都时常的"办事"。②婚丧大事自然无须说了,就是添个娃娃,或儿女订婚,也要惊天动地的干一场的。假若不幸,他们既无婚丧大事,又没有娃娃生下来,他们也还会找到摆酒席的题目。他们会给父母和他们自己贺寿。若是父母已亡,便作冥寿。冥寿若还不过瘾,他们便给小小子或小姑娘贺五岁或十岁寿。

不论是办哪种事吧,都要讲究杀多少头猪,几百只或几千只鸡鸭,开多少坛子干酒。鸡鸭猪羊杀的越多,仿佛就越能邀得上天的保佑,而天增岁月人增寿的。假若与上天无关呢,大家彼此间的竞赛或者是鸡鸭倒楣的重要原因之一。张家若是五十桌客,李家就必须多于五十桌;哪怕只多一桌呢,也是个

---

❶动作描写

房东自己的房子都不能做主,作为受害人还要给裘委员跪下,体现了社会的黑暗。

❷叙述

详细叙述了镇上的绅士和保甲长想尽各种名目"办事"。

体面。因此，每家办事，酒席都要摆到街上来，一来是客太多，家里容不下，二来也是要向别家示威。这样，一家办事，镇上便须断绝交通。我们的民主精神是只管自己的声势浩大，不管别人方便不方便的。所以，据学者们研究的结果，这是世界上最好的一种民主精神，因为它里面含有极高的文化因素。① 若赶上办丧事，那就不单交通要断绝，而且大锣大鼓的敲打三天三夜，吵得连死人都睡不安，而活人都须陪着熬夜。锣鼓而外还有爆竹呢。爆竹的威力，虽远不及原子弹，可是把婴孩们吓得害了惊风症是大有可能的。

❶ 夸张
"吵得连死人都睡不安"可见锣鼓的声音之大，格外扰民。

问题还不仅这样简单。他们讲排场，可就苦了穷人。无论是绅粮，还是保甲长家中办事，穷人若不去送礼，便必定开罪于上等人；而得罪了上等人，在这个小小的民主世界里，简直等于自取灭亡。② 穷人，不管怎样为难，也得送去礼物或礼金。对于他们，这并不是礼物礼金，而是苛捐杂税。但是，他们不敢不送；这种苛捐杂税到底是以婚丧事为名的，其中似乎多少总有点人情，而人情仿佛就与民主精神可以相通了。穷人送礼，富人收礼，于是，富人不因摆百十桌酒席而赔钱——其目的，据说是为赚钱——可是穷人却因此连件新蓝布大褂也穿不上了。

❷ 叙述
"办事"都是榨取百姓钱财的名目，而穷人们无论怎样都得送礼，说明了所谓民主世界的黑暗。

本地的绅粮们如此，外来的人也不甘落后。我们镇上的欢送会与欢迎会多得很。在英美的民主世界里，若是一位警长或邮局局长到一个小镇上任去，或从一个小镇被调走，大概他们只顾接事或办交代，没有什么别的可说。同时，那镇上的人民，对他们或者也没有欢迎与欢送的义务。他们办事好呢，是理应如此；他们拿着薪俸，理当努力服务。他们办不好呢，他们会得到惩戒，用不着人民给他们虚张声势。我们的金光镇上可不这样，只要来一个小官，镇上的公民就必须去欢迎，仿佛来到金光镇上的官吏都是大圣大贤。等到他们离职的时候，公民们又必须去欢送，不管离职的人给地方上造了福，还是造了孽。不单官吏来去如此，连什么银号钱庄的老板到任去任也要如此，因为从金光镇的标准来看，天天埋在钞票堆中的人是与官吏有同等重要的。这又是我们的民主世界里特有的精神，恐怕也是全世界中最好的精神。

　　本着这点精神，就很可以想象到我们镇上怎样对待一个偶然或有意从此经过的客人了。按说，来了一位客人，实在不应当有什么大惊小怪的地方。假若他是偶然从此路过呢，那就叫他走他的好了。假若他是有意来的，譬如他是来调查教育的，那就请他到学校去看看罢了；他若是警察总局的督察，就让他调察警政去吧；与别人有什么关系呢？

　　不，不，我们金光镇自有金光镇的办法。只要是个阔人，不管他是干什么来的，我们必须以全镇的人力物力，闹得天翻地覆的欢迎他。①这紧张的很：全镇到处都须把旧标语撕了下去，撕不净的要用水刷，然后贴上各色纸的新标语。全镇的街道（也许有一个多月没扫除过了）得马上扫得干干净净。野狗不得再在路上走来走去，都捉起来放到远处去。小孩子，甚至连鸡鸭，都不许跑出家门来。卖花生桔柑的不准在路旁摆摊子。学校里须用砖头沾水磨去书桌上的墨点子，弄得每个小学生都浑身是泥污。这样折腾两三天，大人物到了。他也许有点事，也许什么事也没有。他也许在街上走几步，也许坐着汽车跑过去。②他也许注意到街上很清洁，也许根本不理会，不管他怎样吧，反正我们须心到神知的忙个不亦乐乎。我们都收拾好了之后，还得排队到街外去迎接他呢。中学生小学生，不管天气怎样冷，怎么热，总得早早的就站在街外去等候。他若到响午还没来，小孩们更须立到过午；他若过午还没到，他们便须站到下午。他们渴，饿，冷或热，都没关系。他们不能随便离队去喝口水或买个烧饼吃；好家

❶叙述

　　生动形象地写出了金光镇对阔人的重视和欢迎，不管他来的目的是什么，都要大肆欢迎。

❷对比

　　这些大人物可能根本不会注意到这街上清洁与否，但金光镇的人们却要为了这清洁忙碌许久，可见形式主义害人不浅

伙，万一在队伍不整齐的时候，贵人来到了呢，那还了得！我们镇上的民主精神是给贵人打一百分，而给学生们打个零的。小孩子如此，我们大人也是如此。我们也得由保甲长领着去站班。我们即使没有新蓝布大褂，也得连夜赶洗旧大衫，浆洗得平平整整的。我们不得穿草鞋，也不得带着旱烟管。我们被太阳晒晕了，也还得立在那里。

① 学生耽误了一天或两天的学，我们也累得筋疲力尽，结果，贵人或是坐着汽车跑过去，或是根本没有来。虽然如此，我们大家也不敢出怨言，舍命陪君子是我们特有的精神啊。这精神使我们不畏寒，不畏暑，不畏饥渴，而只"畏大人"。（未完）

（原载于1945年9月重庆《民心半月刊》创刊号、第1卷第2、3期，至1945年12月《民心月刊》第1卷第4、5期合刊号）

❶ 叙述

大人物或是坐着汽车，或是来都不来，而金光镇上的人们却为此筋疲力尽，受尽折磨，这样的"民主"真是令人可笑。

文章通过讲述水仙馆馆长和裘委员的"民主"，讲述官员、乡绅们办酒席和大搞形式主义，体现了金光镇官僚主义严重，批判了官员们、乡绅们虚荣心旺盛、自私自利的性格。

1. 水仙馆里为什么没有一个标本？
2. 裘委员真的讲法治吗？

3.金光镇的"绅士们"办酒宴都有哪些名目?

　　文中虽然描写的是金光镇的现象,但这种现象又何止是金光镇才有的呢?老舍借此文讽刺了当时所谓"民主世界"下的官僚主义和形式主义。

老字号

名师导读

三合祥是公认的老字号，一直严守各种规矩，但当钱掌柜走了而周掌柜上任后，这一切都变了……

钱掌柜走后，辛德治——三合祥的大徒弟，现在很拿点事——好几天没正经吃饭。钱掌柜是绸缎行公认的老手，正如三合祥是公认的老字号。辛德治是钱掌柜手下教练出来的人。可是他并不专因私人的感情而这样难过，也不是自己有什么野心。他说不上来为什么这样怕，好像钱掌柜带走了一些永难恢复的东西。

周掌柜到任。辛德治明白了，他的恐怖不是虚的；"难过"几乎要改成咒骂了。①周掌柜是个"野鸡"，三合祥——多少年的老字号！——要满街拉客了！辛德治的嘴撒得像个煮破了的饺子。老手，老字号，老规矩——都随着钱掌柜的走了，或者永远不再回来。钱掌柜，那样正直，那样规矩，把买卖作赔了。东家不管别的，只求年底下多分红。

❶ 比喻

把周掌柜比作野鸡，凸显出辛德治对周掌柜的不满和不屑。

① 多少年了，三合祥是永远那么官样大气：金匾黑字，绿装修，黑柜蓝布围子，大机凳[1]包着蓝呢子套，茶几上永远放着鲜花。多少年了，三合祥除了在灯节才挂上四只宫灯，垂着大红穗子；此外，没有半点不像买卖地儿的胡闹八光。多少年了，三合祥没打过价钱，抹过零儿，或是贴张广告，或者减价半月；三合祥卖的是字号。多少年了，柜上没有吸烟卷的，没有大声说话的；有点响声只是老掌柜的咕噜水烟与咳嗽。

　　这些，还有许许多多可宝贵的老气度，老规矩，由周掌柜一进门，辛德治看出来，全要完！②周掌柜的眼睛就不规矩，他不低着眼皮，而是满世界扫，好像找贼呢。人家钱掌柜，老坐在大机凳上合着眼，可是哪个伙计出错了口气，他也晓得。

　　果然，周掌柜——来了还没有两天——要把三合祥改成蹦蹦戏[2]的棚子：门前扎起血丝胡拉的一座彩牌，"大减价"每个字有五尺见方，两盏煤气灯，把人们照得脸上发绿。这还不够，门口一档子洋鼓洋号，从天亮吹到三更；四个徒弟，都戴上红帽子，在门口，在马路上，见人就给传单。这还不够，他派定两个徒弟专管给客人送烟递茶，哪怕是买半尺白布，也往后柜让，也递香烟：大兵，清道夫，女招待，都烧着烟卷，把屋里烧得像个佛堂。这还不够，买一尺还饶上一尺，还赠送洋娃娃，伙计们还要和客人随便说笑；客人要买的，假如柜上没有，不告诉人家没有，而拿出别种东西硬叫人家看；买过十元钱的东西，还打发徒弟送了去，柜上买了两辆一走三歪的自行车！

　　辛德治要找个地方哭一大场去！在柜上十五六年了，没想到过——更不用说见过了——三合祥会落到这步田地！怎么见人呢？合街上有谁不敬重三合祥的？伙计们晚上出来，提着三合祥的大灯笼，连巡警们都另眼看待。那年兵变，三合祥虽然

❶ 环境描写
　　描绘出了三合祥大气富丽的样子，表达了对三合祥一直以来的样子的赞美和欣赏。

❷ 神态描写
　　描写了周掌柜到处乱打探的样子，从侧面写出了辛德治对他行为的不满。

注释
[1] 大机凳：大的方凳。
[2] 蹦蹦戏：北京以前对评剧的称呼。

也被抢一空，可是没像左右的铺户那样连门板和"言无二价"的牌子都被摘了走——三合祥的金匾有种尊严！他到城里已经二十来年了，其中的十五六年是在三合祥，三合祥是他第二家庭，他的说话，咳嗽与蓝布大衫的样式，全是三合祥给他的。他因三合祥，也为三合祥而骄傲。他给铺子去索债，都被人请进去喝碗茶；三合祥虽是个买卖，可是和照顾主儿似乎是些朋友。钱掌柜是常给照顾主儿行红白人情的。三合祥是"君子之风"的买卖：门凳上常坐着附近最体面的人；遇到街上有热闹的时候，照顾主儿的女眷们到这里向老掌柜借个座儿。这个光荣的历史，是长在辛德治的心里的。可是现在？

辛德治也并不是不晓得，年头是变了。拿三合祥的左右铺户说，多少家已经把老规矩舍弃，而那些新开的更是提不得的，因为根本就没有过规矩。他知道这个。可是因此他更爱三合祥，更替它骄傲，它是人造丝品中唯一的一匹道地大缎子，仿佛是。①假如三合祥也下了桥，世界就没了！哼，现在三合祥和别人家一样了，假如不是更坏！

他最恨的是对门那家正香村：掌柜的踏拉着鞋，叼着烟卷，镶着金门牙。老板娘背着抱着，好像兜儿里还带着，几个男女小孩，成天出来进去，进去出来，打着南方话唧唧喳喳，不知喊些什么。老板和老板娘吵架也在柜上，打孩子，给孩子吃奶，也在柜上。摸不清他们是作买卖呢，还是干什么玩呢，只有老板娘的胸口老在柜前陈列着是件无可疑的事儿。那群伙计，不知是从哪儿找来的，全穿着破鞋，可是衣服多半是绸缎的。②有的贴着太阳膏，有的头发梳得像漆杓，有的戴着金丝眼镜。再说那份儿厌气：一年到头老是大减价，老悬着煤气灯，老磨着留声机。买过两元钱的东西，老板便亲自让客人吃块酥糖；不吃，他能往人家嘴里送！什么东西也没有一定的价钱，洋钱也没有一定的行市。辛德治永远不正眼看"正香村"那三个字，也永不到那边买点东西。他想不到世上会有这样的买卖，而且

❶夸张

其实即使没有了三合祥，世界也不会消失。但由此可见辛德治对三合祥的感情之深。

❷排比

生动地描写出了正香村的伙计是各式各样杂乱的人，更能看出辛德治的不屑和看不惯。

和三合祥正对门!

更奇怪的,正香村发财,而三合祥一天比一天衰微。他不明白这是什么道理。难道买卖必定得不按着规矩作才行吗?果然如此,何必学徒呢?是个人就可以作生意了!不能是这样,不能;三合祥到底是不会那样的!谁知道竟自来了个周掌柜,三合祥的与正香村的煤气灯把街道照青了一大截,它们是一对儿!三合祥与正香村成了一对?!这莫非是作梦么?不是梦,辛德治也得按着周掌柜的办法走。①他得和客人瞎扯,他得让人吸烟,他得把人诓到后柜,他得拿着假货当真货卖,他得等客人争竞才多放二寸,他得用手术量布——手指一捻就抽回来一块!他不能受这个!

可是多数的伙计似乎愿意这么作。有个女客进来,他们恨不能把她围上,恨不能把全铺子的东西都搬来给她瞧,等她买完——哪怕是买了二尺搪布——他们恨不能把她送回家去。周掌柜喜爱这个,他愿意看伙计们折跟头,打把式,更好是能在空中飞。

周掌柜和正香村的老板成了好朋友。有时候还凑上天成的人们打打"麻雀"。天成也是本街上的绸缎店,开张也有四五年了,可是钱掌柜就始终没招呼过他们。天成故意和三合祥打对仗,并且吹出风来,非把三合祥顶趴下不可。钱掌柜一声也不出,只偶尔说一句:咱们作的是字号。天成一年倒有三百六十五天是纪念日,大减价。现在天成的人们也过来打牌了。辛德治不能答理他们。②他有点空闲,便坐在柜里发楞,面对着货架子——原先架上的布匹都用白布包着,现在用整幅的通天扯地的作装饰,看着都眼晕,那么花红柳绿的!三合祥已经完了,他心里说。

但是,过了一节,他不能不佩服周掌柜了。节下报账,虽然没赚什么,可是没赔。周掌柜笑着给大家解释:"你们得记住,这是我的头一节呀!我还有好些没施展出来的本事呢。还有一层,扎牌楼,赁煤气灯……哪个不花钱呢?所以呀!"他

❶排比

写出了周掌柜的虚伪,和辛德治的不情愿,但他也不得不屈服,干一些他不愿意干的事。

❷描述

辛德治有空闲的时候就会对着柜里发呆,可以看出他的不甘心,他觉得不应该是这样的,他接受不了。

到说上劲来的时节总这么"所以呀"一下。"日后无须扎牌楼了，咱会用新的，还要省钱的办法，那可就有了赚头，所以呀！"辛德治看出来，钱掌柜是回不来了；世界的确是变了。周掌柜和天成、正香村的人们说得来，他们都是发财的。

过了节，检查日货嚷嚷动了。周掌柜疯了似的上东洋货。检查队已经出动，周掌柜把东洋货全摆在大面上，而且下了命令："进来买主，先拿日本布；别处不敢卖，咱们正好作一批生意。看见乡下人，明说这是东洋布，他们认这个；对城里的人，说德国货。"

检查队到了。周掌柜脸上要笑出几个蝴蝶儿来，让吸烟，让喝茶。"三合祥，冲这三个字，不是卖东洋货的地方，所以呀！诸位看吧！门口那些有德国布，也有土布；内柜都是国货绸缎，小号在南方有联号，自办自运。"

大家疑心那些花布。周掌柜笑了："张福来，把后边剩下的那匹东洋布拿来。"

布拿来了。他扯住检查队的队长："先生，不屈心，只剩下这么一匹东洋布，跟先生穿的这件大衫一样的材料，所以呀！"他回过头来，"福来，把这匹料子扔到街上去！"

队长看着自己的大衫，头也没抬，便走出去了。

这批随时可以变成德国货，国货，英国货的日本布赚了一大笔钱。有识货的人，当着周掌柜的面，把布扔在地上，周掌柜会笑着命令徒弟："拿真正西洋货去，难道就看不出先生是懂眼的人吗？"然后对买主："什么人要什么货，白给你这个，你也不要，所以呀！"于是又作了一号买卖。客人临走，好像怪舍不得周掌柜。①辛德治看透了，作买卖打算要赚钱的话，得会变戏法和说相声。周掌柜是个人物。可是辛德治不想再在这儿干，他越佩服周掌柜，心里越难过。他的饭由脊梁骨下去。打算睡得安稳一些，他得离开这样的三合祥。

可是，没等到他在别处找好位置，周掌柜上天成领柜去了。

❶叙述

在辛德治的眼里，他觉得周掌柜做买卖的那点手段就像变戏法和讲相声。他根本不能理解。

① 天成需要这样的人，而周掌柜也愿意去，因为三合祥的老规矩太深了，仿佛是长了根，他不能充分施展他的才力。

辛德治送出周掌柜去，好像是送走了一块心病。

对于东家们，辛德治以十五六年老伙计的资格，是可以说几句话的，虽然不一定发生什么效力。他知道哪些位东家是更老派一些，他知道怎样打动他们。他去给钱掌柜运动，也托出钱掌柜的老朋友们来帮忙。他不说钱掌柜的一切都好，而是说钱与周二位各有所长，应当折中一下，不能死守旧法，也别改变的太过火。老字号是值得保存的，新办法也得学着用。字号与利益两顾着——他知道这必能打动了东家们。

他心里，可是，另有个主意。钱掌柜回来，一切就都回来，三合祥必定是"老"三合祥，要不然便什么也不是。②他想好了：减去煤气灯，洋鼓洋号，广告，传单，烟卷；至必不得已的时候，还可以减人，大概可以省去一大笔开销。况且，不出声而贱卖，尺大而货物地道。难道人们就都是傻子吗？

钱掌柜果然回来了。街上只剩了正香村的煤气灯，三合祥恢复了昔日的肃静，虽然因为欢迎钱掌柜而悬挂上那四个宫灯，垂着大红穗子。

三合祥挂上宫灯那天，天成号门口放了两只骆驼，骆驼身上披满了各色的缎条，驼峰上安着一明一灭的五彩电灯。骆驼的左右辟了抓彩部，一人一毛钱，凑足了十个人就开彩，一毛钱有得一匹摩登绸的希望。③天成门外成了庙会，挤不动的人。真有笑嘻嘻夹走一匹摩登绸的吗！

三合祥的门凳上又罩上蓝呢套，钱掌柜眼皮也不抬，在那里坐着。伙计们安静地坐在柜里，有的轻轻拨弄算盘珠儿，有的徐缓地打着哈欠，辛德治口里不说什么，心中可是着急。半天儿能不进来一个买主。偶尔有人在外边打一眼，似乎是要进来，可是看看金匾，往天成那边走去。有时候已经进来，看了货，因不打价钱，又空手走了。只有几位老主顾，时常来买点东西；

❶ 比喻

把三合祥的老规矩称为树长了根，可见三合祥老规矩的根深蒂固，也为下文三合祥的结局埋了伏笔。

❷ 心理描写

辛德治虽然表面上说新办法也要学，但实际上根本不认同，他希望三合祥的一切都回到原来的样子。

❸ 侧面描写

通过人们的反应，侧面写出人们对天成的喜欢，天成的经营手段显然更能抓住顾客的心。

❶神态、语言描写

辛德治是个善良的人，哪怕一个人干五个人的活也不怕。他肯吃苦，不怕累，愿意和三合祥一起渡过难关，可是他不清楚三合祥已避免不了衰败。

可也有时候只和钱掌柜说会儿话，慨叹着年月这样穷，喝两碗茶就走，什么也不买。辛德治喜欢听他们说话，这使他想起昔年的光景，可是他也晓得，昔年的光景，大概不会回来了；这条街只有天成"是"个买卖！

过了一节，三合祥非减人不可了。① 辛德治含着泪和钱掌柜说："我一人干五个人的活，咱们不怕！"老掌柜也说："咱们不怕！"辛德治那晚睡得非常香甜，准备次日干五个人的活。

可是过了一年，三合祥倒给天成了。

（原载于1945年4月10日《新文学》第1卷第1期）

精华赏析

这篇小说从三合祥里辛德治的角度出发，描写出了他的所见所想，描写了老字号绸缎庄三合祥的衰败命运。故事内容简单，其中所包含的道理却令人深思。

延伸思考

1. 辛德治有哪些性格特征？
2. 老字号三合祥最后为什么会垮台？
3. 周掌柜是个什么样的人？

相关链接

时代在变化，我们的处事方法也要变化，紧跟时代的潮流。如果我们一味地墨守成规，不知变通，最后迎来的只会是死亡。当然，变通也不能失了本心。

敬悼许地山先生

名师导读

老舍先生写过不少悼文，但他在悼念许地山的文章题目用了"敬"字，因为老舍走上文学之路有许地山的重要影响。老舍之子舒乙曾说："许先生是后者（老舍）的引路人和示范人。"

地山是我的最好的朋友。① 以他的对种种学问好知喜问的态度，以他的对生活各方面感到的趣味，以他的对朋友的提携辅导的热诚，以他的对金钱利益的淡薄，他绝不像个短寿的人。每逢当我看见他的笑脸，握住他的柔软而戴着一个翡翠戒指的手，或听到他滔滔不断的讲说学问或故事的时候，我总会感到他必能活到八九十岁，而且相信若活到八九十岁，他必定还能像年轻的时候那样有说有笑，还能那样说干什么就干什么，永不驳回朋友的要求，或给朋友一点难堪。

地山竟自会死了——才将快到五十的边儿上吧。

他是我的好友。可是，我对于他的身世知道的并不十分详细。不错，他确是告诉过我许多关于他自己的事情；可是，大部分都被我忘掉了。一来是我的记性不好；二来是当我初次看

❶ 排比

从学问、生活、朋友、金钱四方面来写许地山的为人，突出他方方面面的好，以此表达了对他短寿的不理解与惋惜之情。

❶抒情

解释了不详知许地山身世的原因。再次强调作者认定好友会高寿的想法，与现实形成强烈反差，突出作者的悲痛情感。

见他的时候，我就觉得"这是个朋友"，不必细问他什么；即使他原来是个强盗，我也只看他可爱；我只知道面前是个可爱的人，就是一点也不晓得他的历史，也没有任何关系！况且，我还深信他会活到八九十岁呢。①<u>让他讲那些有趣的故事吧，让他说些对种种学术的心得与研究方法吧；至于他自己的历史，忙什么呢？等他老年的时候再说给我听，也还不迟啊！</u>

可是，他已经死了！

我知道他是福建人。他的父亲作过台湾的知府——说不定他就生在台湾。他有一位舅父，是个很有才而后来作了不十分规矩的和尚的。由这位舅父，他大概自幼就接近了佛说，读过不少的佛经。还许因为这位舅父的关系，他曾在仰光一带住过，给了他不少后来写小说的资料。他的妻早已死去，留下一个小女孩。他手上的翡翠戒指就是为纪念他的亡妻的。从英国回到北平，他续了弦。这位太太姓周，我曾在北平和青岛见到过。

以上这一点：事实恐怕还有说得不十分正确的地方，我的记性实在太坏了！记得我到牛津去访他的时候，他告诉了我为什么老戴着那个翡翠戒指；同时，他说了许许多多关于他的舅父的事。是的，清清楚楚的我记得他由述说这位舅父而谈到禅宗的长短，因为他老人家便是禅宗的和尚。可是，除了这一点，我把好些极有趣的事全忘得一干二净；后悔没把它们都笔记下来！

❷叙述

许地山能在燕大留校任教，必是才华非凡，而且还常去教会做"社会服务"，可见他热爱生活、热心公益。

我认识地山，是在二十年前了。那时候，我的工作不多，所以常到一个教会去帮忙，作些"社会服务"的事情。地山不但常到那里去，而且有时候住在那里，因此我认识了他。我呢，只是个中学毕业生，什么学识也没有。②<u>可是地山在那时候已经在燕大毕业而留校教书，大家都说他是个很有学问的青年。</u>初一认识他，我几乎不敢希望能与他为友，他是有学问的人哪！可是，他有学问而没有架子，他爱说笑话，村的雅的都有；他同我去吃八个铜板十只的水饺，一边吃一边说，不一定说什么，但总说得有趣。我不再怕他了。虽然不晓得他有多大的学问，可是的确知道他是个极天真可爱的人了。一来二去，我试着步去问他一些书本上的事；我生怕他不肯告诉我，因为我知道有些学者是有这样脾气的：他可以和你交往，不管你是怎样的人；但是一提到学问，他就不肯开口了；不是他不肯把学问白白送给人，便是不屑于与一个没学问的人谈学问——他的神态表示出来，跟你来往已是降格相从，至于学问之事，哈哈……但是，地山绝对不是这样的人。①他愿意把他所知道的告诉人，正同他愿给人讲故事。他不因为我向他请教而轻视我，而且也并不板起面孔表示他有学问。和谈笑话似的，他知道什么便告诉我什么，没有矜持，没有厌倦，教我佩服他的学识，而仍认他为好友。学问并没有毁坏了他的为人，像那些气焰千丈的"学者"那样，他对我如此，对别人也如此；在认识他的人中，我没有听到过背地里指摘他，说他不够个朋友的。

　　不错，朋友们也有时候背地里讲究他；谁能没有些毛病呢。可是，地山的毛病只使朋友们又气又笑的那一种，绝无损于他的人格。他不爱写信。你给他十封信，他也未见得答复一次；偶尔回答你一封，也只是几个奇形怪状的字，写在一张随手拾来的破纸上。我管他的字叫作鸡爪体，真是难看。这也许是他不愿写信的原因之一吧？②另一毛病是不守时刻。口头的或书面的通知，何时开会或何时集齐，对他绝不发生作用。只要他在图书馆中坐下，或和友人谈起来，就不用再希望他还能看看钟表。所以，你设若不亲自拉他去赴会就约，那就是你的过错；他是永远不记着时刻的。

　　一九二四年初秋，我到了伦敦，地山已先我数日来到。他是在美国得了硕士学位，再到牛津继续研究他的比较宗教学的；还未开学，所以先在伦敦住几天，我和他住在了一处。他正用一本中国小商店里用的粗纸账本写小说，那时节，我对文艺还没有发生什么兴趣，所以就没大注意他写的是哪一篇。几天的

❶议论
　　许地山尊重人，待人亲和，对于作者的请教知无不言，言无不尽，与上文提到的有些学者形成鲜明对比，突出许地山与人为善和无私的特点。

❷明贬实褒
　　许地山不守时，完全是无意为之，因为他在图书馆看书或与友人交谈时就忘记了时间，这恰恰表现了他读书时的专心致志和与友人交谈时的忘我状态。

❶议论

"有趣"表现了许地山的谈话幽默风趣,"有益"表明许地山学识渊博。他不认为"月亮也是外国的好"表现了他坚定的爱国立场。

❷叙述

许地山在图书馆看书时,午饭对他没有任何诱惑力,一读就是连续十个小时,不出图书馆便感觉不到饿,具体表现了许地山读书的忘我境界。

工夫,他带着我到城里城外玩耍,把伦敦看了一个大概。地山喜欢历史,对宗教有多年的研究,对古生物学有浓厚的兴趣。①由他领着逛伦敦,是多么有趣、有益的事呢!同时,他绝对不是"月亮也是外国的好"的那种留学生。说真的,他有时候过火的厌恶外国人。因为要批判英国人,他甚至于连英国人有礼貌,守秩序,和什么喝汤不准出响声,都看成愚蠢可笑的事。因此,我一到伦敦,就借着他的眼睛看到那古城的许多宝物,也看到它那阴暗的一方面,而不至胡胡涂涂的断定伦敦的月亮比北平的好了。

不久,他到牛津去入学。暑假寒假中,他必到伦敦来玩几天。"玩"这个字,在这里,用得很妥当,又不很妥当。当他遇到朋友的时候,他就忘了自己:朋友们说怎样,他总不驳回。去到东伦敦买黄花木耳,大家作些中国饭吃?好!去逛动物园?好!玩扑克牌?好!他似乎永远没有忧郁,永远不会说"不"。不过,最好还是请他闲扯。据我所知道的,除各种宗教的研究而外,他还研究人学、民俗学、文学、考古学;他认识古代钱币,能鉴别古画,学过梵文与巴利文。请他闲扯,他就能——举个例说——由男女恋爱扯到中古的禁欲主义,再扯到原始时代的男女关系。他的故事多书本上的佐证也丰富。他的话一会儿低降到贩夫走卒的俗野,一会儿高飞到学者的深刻高明。他谈一整天并无倦容,大家听一天也不感疲倦。

不过,你不要让他独自溜出去。他独自出去,不是到博物院,必是入图书馆。一进去,他就忘了出来。有一次,在上午八九点钟,我在东方学院的图书馆楼上发现了他。②到吃午饭的时候,我去唤他,他不动。一直到下午五点,他才出来,还是因为图书馆已到关门的时间的原故。找到了我,他不住的喊"饿",是啊,他已饿了十点钟。在这种时节,"玩"字是用不得的。

牛津不承认他的美国的硕士学位,所以他须花二年的时光再考硕士。他的论文是法华经的介绍,在预备这本论文的时候,他还写了一篇相当长的文章，在世界基督教大会（？）上去宣读。这篇文章的内容是介绍道教。① 在一般的浮浅传教师心里，中国的佛教与道教不过是与非洲黑人或美洲红人所信的原始宗教差不多。地山这篇文章使他们闻所未闻，而且得到不少宗教学学者的称赞。

他得到牛津的硕士。假若他能继续住二年，他必能得到文学博士——最荣誉的学位。论文是不成问题的，他能于很短的期间预备好。但是，他必须再住二年；校规如此，不能变更。他没有住下去的钱，朋友们也不能帮助他。他只好以硕士为满意，而离开英国。

在他离英以前，我已试写小说。我没有一点自信心，而他又没工夫替我看看。我只能抓着机会给他朗读一两段。听过了几段，他说"可以，往下写吧！"这，增多了我的勇气。他的文艺意见，在那时候，仿佛是偏重于风格与情调；他自己的作品都多少有些传奇的气息，他所喜爱的作品也差不多都是浪漫派的。他的家世，他的在南洋的经验，他的旧文学的修养，他的喜研究学问而又不忍放弃文艺的态度，和他自己的生活方式，我想，大概都使他倾向着浪漫主义。

单说：他的生活方式吧。我不相信他有什么宗教的信仰，虽然他对宗教有深刻的研究，可是，我也不敢说宗教对他完全没有影响。他的言谈举止都像个诗人。假若把"诗人"按照世俗的解释从他的生活中发展起来，他就应当有很古怪奇特的行动与行为。但是，他并没作过什么怪事。② 他明明知道某某人对他不起，或是知道某某人的毛病，他仍然是一团和气，以朋友相待。他不会发脾气。在他的嘴里，有时候是乱扯一阵，可是他的私生活是很严肃的，他既是诗人，又是"俗"人。为了读书，他可以忘了吃饭。但一讲到吃饭，他却又不惜花钱。他并不孤高自赏。对于衣食住行他都有自己的主张，可是假若别人喜欢，他也不便固执己见。他能过很苦的日子。在我初认识

❶对比

一般传教师对中国佛教的偏见和他们听了许地山法华经论文时的称赞形成鲜明对比，突出许地山在宗教研究上的造诣。

❷议论

表现了许地山宽容大度、待人和气的特点，突出他的好脾气。

他的几年中，他的饭食与衣服都是极简单朴俭。他结婚后，我到北平去看他，他的住屋衣服都相当讲究了。也许是为了家庭间的和美，他不便于坚持己见吧。虽然由破夏布褂子换为整齐的绫罗大衫，他的脱口而出的笑话与戏谑还完全是他，一点也没改。穿什么，吃什么，他仿佛都能随遇而安，无所不可。在这里和在其他的好多地方，他似乎受佛教的影响较基督教的为多，虽然他是在神学系毕业，而且也常去作礼拜。他像个禅宗的居士，而绝不能成为一个清教徒。

①不但亲戚朋友能影响他，就是不相识而偶然接触的人也能临时的左右他。有一次，我在"家"里，他到伦敦城里去干些什么。日落时，他回来了，进门便笑，而且不住地摸他的刚刚刮过的脸。我莫名其妙。他又笑了一阵。"教理发匠挣去两镑多！"我吃了一惊。那时候，在伦敦理发普通是八个便士，理发带刮脸也不过是一个先令，"怎能花两镑多呢？"原来是理发匠问他什么，他便答应什么，于是用香油香水洗了头，电气刮了脸，还不得用两镑多么？他绝想不起那样打扮自己，但是理发匠的钱罐是不能驳回的！

自从他到香港大学任事，我们没有会过面，也没有通过信；我知道他不喜欢写信，所以也就不写给他。抗战后，为了香港文协分会的事，我不能不写信给他了，仍然没有回信。②可是，我准知道，信虽没来，事情可是必定办了。果然，从分会的报告和友人的函件中，我晓得了他是极热心会务的一员。我不能希望他按时回答我的信，可是我深信他必对分会卖力气，他是个极随便而又极不随便的人，我知道。

我自己没有学问，不能妥切的道出地山在学术上的成就何如。我只知道，他极用功，读书很多，这就值得钦佩，值得效法。对文艺，我没有什么高明的见解，所以不敢批评地山的作品。但是我晓得，他向来没有争过稿费，或恶意的批评过谁。这一点，不但使他能在香港文协分会以老大哥的身分德望去推动会务，

❶过渡

承接上文许地山衣食的变化是受亲友的影响，引出下文陌生人对他的临时影响。"临时"一词用得妙，表明许地山的品性是不会变的。

❷叙议结合

照应前文许地山不爱写信的毛病。"准""必定""深信"突出表现了"我"对他的了解和信任，事实证明了"我"判断的正确，也表现了许地山的热心与负责。

而且在全国文艺界的团结上也有重大的作用。

是的,地山的死是学术界文艺界的极重大的损失!至于谈到他与我私人的关系,我只有落泪了;他既是我的"师",又是我的好友!

啊,地山!你记得给我开的那张"佛学入门必读书"的单子吗?你用功,也希望我用功;可是那张单子上的六十几部书,到如今我一部也没有读啊!

你记得给我打电报,叫我到济南车站去接周校长吗?多么有趣的电报啊!①知道我不认识她,所以你教她穿了黑色旗袍,而电文是:"×日×时到站接黑衫女"!当我和妻接到黑衫女的时候,我们都笑得闭不上口啊。朋友,你托友好作一件事,都是那样有风趣啊!啊,昔日的趣事都变成今日的泪源。你怎可以死呢!

不能再往下写了……

(原载于1941年8月17日《大公报》)

❶叙述

黑色旗袍极少见,是鲜明的识人标志。电文给人幽默戏谑的意味,表现了许地山重实效而不在意措辞的风趣特点。

精华赏析

老舍的这篇悼文回忆了和许地山二十年亦师亦友的交往故事,语言自然晓畅,感情真挚,尤其是几个具体的小故事,生动感人而又不乏幽默,突出了许地山的性格品质。

延伸思考

1. 许地山给老舍的第一印象是什么？
2. 在许地山身上，自始至终不变的是什么？
3. 老舍认为他和许地山的私人关系是什么样的？

相关链接

　　老舍完成小说《老张的哲学》后，许地山把它推荐给郑振铎，得以在《小说月报》发表，这开启了老舍小说创作的光辉历程。许地山是老舍真正的良师益友。因而许地山逝世，老舍万分悲恸，以至"不能再往下写了……"

名家心得

  老舍的作品大多取材于普通百姓的日常生活,在他的笔下,百姓的生活被展现得栩栩如生。他通过对老百姓日常生活的描写,让我们既能够感受到那个时代特有的生活方式,也能够了解到当时的社会状况。老舍先生笔下的故事,往往是诙谐幽默的,读起来轻松顺畅。只是读完之后细细品味,我们又不免觉得沉重。

读者感悟

  老舍是我最喜爱的作家之一,他的每一本书都会让人觉得重新认识了这个世界,重新认识了自己。老舍先生的情感是与普通百姓相通的,他同情、关注这类人群,也真正做到了共情,这一点格外打动我。他的作品处处有北平的影子,有一股特有的京味。这股京味不仅融入了他的字里行间,也融入了他的灵魂和骨血。

阅读拓展

　　说起老舍先生的作品,就会想到"京味儿",可以说,他的每部作品里都饱含着京味儿。不管是风俗风貌、语言习惯还是地理景观,他的作品都和北京地方色彩相符合。比如,他的话剧《龙须沟》,里面所写的地名都是北京真实的地名,而他也是实地考察过,了解了龙须沟从风景优美的旅游胜地,因为手工作坊排泄的废水、废物变成了臭水沟,又在中华人民共和国成立后被改良,铺上了柏油路的过程后,写下了这部作品。

真题演练

1.《猫》表达了作者什么样的思想感情?

2.请列举两个猫"老实"的表现。

3.《小铃儿》中的"先生"是怎样一个人物?请说出其形象特点。

4.《马裤先生》这篇文章是什么体裁?

5.《马裤先生》中开头第一段就描写马裤先生的衣着言行,为什么?

6.《老字号》中辛德治有哪些性格特点？

1.表达了作者对猫的喜爱之情。

2."成天睡大觉"；"什么事也不过问"。

3.（1）关爱、甚至袒护小铃儿。

（2）尊重学生。懂得循循善诱。

（3）具有爱国情感，但是不懂得教导学生救亡图存的基本方法，他的学生们的爱国便也是片面的。

4.小说。

5.（1）勾画一个衣着言行与众不同、令人发笑的人物形象。

（2）为后文写即将发生的幽默、可笑的故事作铺垫。

（3）引发读者的阅读兴趣。

6.心地善良，淳朴忠厚，爱憎分明，思想守旧，跟不上时代潮流。

爱阅读课程化丛书 / 快乐读书吧

外国经典文学馆

序号	作品	序号	作品	序号	作品
1	七色花	29	泰戈尔诗选	57	木偶奇遇记
2	愿望的实现	30	格列佛游记	58	王子与贫儿
3	格林童话	31	我是猫	59	好兵帅克历险记
4	安徒生童话	32	父与子	60	吹牛大王历险记
5	伊索寓言	33	地球的故事	61	哈克贝利·费恩历险记
6	克雷洛夫寓言	34	森林报	62	苦儿流浪记
7	拉封丹寓言	35	骑鹅旅行记	63	青鸟
8	十万个为什么（伊林版）	36	老人与海	64	柳林风声
9	希腊神话	37	八十天环游地球	65	百万英镑
10	世界经典神话与传说	38	西顿动物故事集	66	马克·吐温短篇小说选
11	非洲民间故事	39	假如给我三天光明	67	欧·亨利短篇小说选
12	欧洲民间故事	40	在人间	68	莫泊桑短篇小说选
13	一千零一夜	41	我的大学	69	培根随笔
14	列那狐的故事	42	草原上的小木屋	70	唐·吉诃德
15	爱的教育	43	福尔摩斯探案集	71	哈姆莱特
16	童年	44	绿山墙的安妮	72	双城记
17	汤姆·索亚历险记	45	格兰特船长的儿女	73	大卫·科波菲尔
18	鲁滨逊漂流记	46	汤姆叔叔的小屋	74	母亲
19	尼尔斯骑鹅旅行记	47	少年维特之烦恼	75	茶花女
20	爱丽丝漫游奇境记	48	小王子	76	雾都孤儿
21	海底两万里	49	小鹿斑比	77	世界上下五千年
22	猎人笔记	50	彼得·潘	78	神秘岛
23	昆虫记	51	最后一课	79	金银岛
24	寂静的春天	52	365夜故事	80	野性的呼唤
25	钢铁是怎样炼成的	53	天方夜谭	81	狼孩传奇
26	名人传	54	绿野仙踪	82	人类群星闪耀时
27	简·爱	55	王尔德童话		陆续出版中……
28	契诃夫短篇小说选	56	捣蛋鬼日记		

中国古典文学馆

序号	作品	序号	作品	序号	作品
1	红楼梦	9	中国历史故事	17	小学生必背古诗词70+80首
2	水浒传	10	中国传统节日故事	18	初中生必背古诗文
3	三国演义	11	山海经	19	论语
4	西游记	12	镜花缘	20	庄子
5	中国古代寓言故事	13	儒林外史	21	孟子
6	中国古代神话故事	14	世说新语	22	成语故事
7	中国民间故事	15	聊斋志异	23	中华上下五千年
8	中国民俗故事	16	唐诗三百首	24	二十四节气故事

名人传记文学馆

序号	作品	序号	作品	序号	作品
1	雷锋的故事	9	华罗庚传	17	司马光传
2	苏东坡传	10	达·芬奇传	18	屈原传
3	居里夫人传	11	爱因斯坦传	19	科学家的故事
4	中外名人故事	12	牛顿传	20	杰出人物故事
5	比尔·盖茨传	13	岳飞传	21	阿凡提的故事
6	诺贝尔传	14	戚继光传	22	孔子的故事
7	爱迪生传	15	张衡传		陆续出版中……
8	达尔文传	16	诸葛亮传		

中国现当代文学馆(语文课本作家系列)

序号	作品	序号	作品	序号	作品
1	一只想飞的猫	18	大林和小林	35	金波经典美文:树与喜鹊
2	小狗的小房子	19	宝葫芦的秘密	36	金波经典美文:阳光
3	"歪脑袋"木头桩	20	朝花夕拾·呐喊	37	金波经典美文:雨点儿
4	神笔马良	21	小布头奇遇记	38	金波经典美文:一起长大的玩具
5	小鲤鱼跳龙门	22	"下次开船"港	39	金波经典童话:沙滩上的童话
6	稻草人	23	呼兰河传	40	金波诗歌:我们去看海
7	中国的十万个为什么	24	子夜	41	吴然精选集:五彩路
8	人类起源的演化过程	25	茶馆	42	吴然精选集:珍珠雨
9	看看我们的地球	26	城南旧事	43	高洪波精选集:陀螺
10	灰尘的旅行	27	鲁迅杂文集	44	高洪波诗歌:彩色的梦
11	小英雄雨来	28	边城	45	肖复兴精选集:阳光的两种用法
12	朝花夕拾	29	小桔灯	46	刘成章散文集:安塞腰鼓
13	骆驼祥子	30	寄小读者	47	刘成章散文集:信天游
14	湘行散记	31	繁星·春水	48	曹文轩经典小说:芦花鞋
15	给青年的十二封信	32	爷爷的爷爷哪里来	49	曹文轩经典小说:孤独之旅
16	艾青诗选	33	细菌世界历险记		陆续出版中……
17	狐狸打猎人	34	高士其童话故事精选		

中国现当代文学馆(语文课本延伸阅读系列)

序号	作品	序号	作品	序号	作品
1	荷塘月色	13	长河	25	丁丁的一次奇怪旅行
2	背影	14	寒假的一天	26	小仆人
3	从百草园到三味书屋	15	古代英雄的石像	27	旅伴
4	徐志摩诗歌	16	东郭先生和狼	28	王子和渔夫的故事
5	徐志摩散文集	17	大奖章	29	新同学
6	四世同堂	18	半半的半个童话	30	野葡萄
7	怪老头	19	红鬼脸壳	31	会唱歌的画像
8	小贝流浪记	20	会走路的大树	32	鸟孩儿
9	谈美书简	21	秃秃大王	33	云中奇梦
10	女神	22	罗文应的故事		陆续出版中……
11	陶奇的暑期日记	23	小溪流的歌		
12	从文自传	24	南南和胡子伯伯		

中国现当代文学馆(中高考热点作家系列)

序号	作品	序号	作品	序号	作品
	陆续出版中……				